神奇柑仔店15

冒牌的長髮公主餅乾

文 廣嶋玲子 圖 jyajya 譯 王蘊潔

目錄

紅子換裝貼紙
招財貓換裝貼紙

序章

「錢天堂」柑仔店的老闆娘紅子，正不停的把零食和玩具裝進大皮箱內。

許多金色的小招財貓圍繞在紅子身旁，有的忙著把零食搬過來，有的幫忙整理行李，也有的只是靜靜在一旁看著，大家都各忙各的事。

不一會兒，皮箱就塞滿了，裡頭完全沒有一點空隙。

「好了，『再見派』帶了，『溫文儒雅果凍』和『大肌肌歐蕾』帶了，挑選幸運客人的抽籤筒也帶了，這樣一來就萬事俱備。謝謝你們幫我一起整理，那我出門了。」

紅子站了起來，其中一隻招財貓對她發出了叫聲。

「喵嗚？」

「你問我什麼時候回來？我要去見之前寄信給我的關瀨先生，當面向他了解情況，因為發生了太多令人難以置信的事，沒想到會有研究所想要摧毀我們『錢天堂』。」

「嗚哪。」

「不，我不認為關瀨先生在說謊，但還是……無論如何，凡事都要小心謹慎，所以我決定這一陣子先用行商的方式雲遊各地做生意。只要我不開店，那間研究所或許就會打消念頭，至少他們沒辦法再送客人上門，也沒辦法搗蛋了。」

紅子接著又說：

「四處行商的時候，可以打聽到各種消息，特別是我們必須掌握的情報。」

「喵嗯？」

「你說對了。」紅子瞇起眼睛。

「如果那個研究所真的打算對『錢天堂』不利……而且做出我無法原諒的事，到時候紅子我就會採取行動。話說回來，我希望這種事不會發生。只要行為不是太惡劣，我就當作他們在惡作劇，乾脆睜一隻眼，閉一隻眼。」

紅子說完，伸手握住了皮箱的握把。「錢天堂」的店貓——黑貓墨丸立刻跳到她的肩上。

「哎喲，墨丸，我這次原本打算讓你留下來看店……不過，看你的表情，似乎很想跟我一起出門。真是拿你沒辦法，那你就跟我一起去吧。」

紅子搔著墨丸的下巴，看著眼前的招財貓說：

「那就麻煩你們看家了，如果有什麼狀況，記得使用『聯絡落雁』通知我。」

「喵嗯！」

招財貓異口同聲的叫了起來，似乎在說：「請她們路上小心。」

1 祕密錠

十一歲的藍音嘴巴很癢，因為她得知了朋友的祕密。

今天，亞由美在學校悄悄告訴她：

「我告訴你一個祕密，你千萬不可以告訴別人喔。我跟你說，其實我喜歡裕真。」

「真的假的！」

藍音聽到朋友的戀愛祕密，頓時雙眼發亮。她目不轉睛的看著

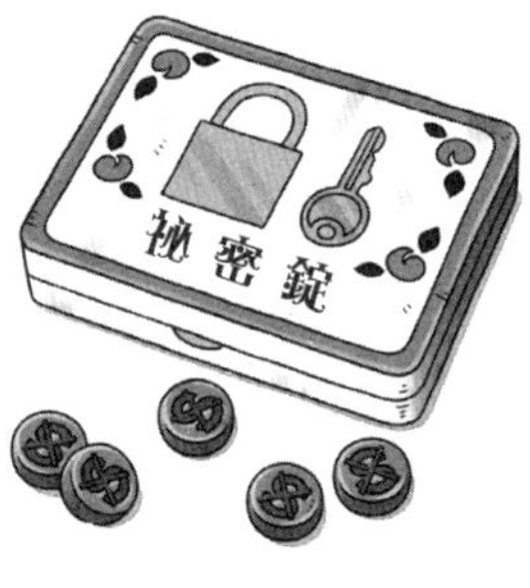

亞由美的臉，小聲詢問：

「你說你喜歡裕真，這是怎麼回事？是什麼時候喜歡上他的？為什麼會喜歡他？」

「你不要一口氣問這麼多問題。」

亞由美紅著臉，帶著一絲得意說：

「其實我之前就對他有好感，你不覺得裕真心地很善良嗎？而且個子也很高，我覺得他很不錯，然後就越來越喜歡他了。」

「是喔。」

「就是這樣。藍音，你應該很清楚吧？」亞由美露出銳利的眼神說：「是我先喜歡他的，所以你不可以橫刀奪愛喔。」

原來亞由美是為了說這句話，才把祕密告訴藍音。藍音恍然大悟的點了點頭，說：「好，別擔心，裕真不是我喜歡的類型，你放心啦。」

「喂，你那樣說裕真會不會太過分了？」

「那我該怎麼說？」

「哎喲，你的反應也太冷淡了吧。對了，這是祕密，你絕對不可以告訴別人，我們一言為定。如果你說出去，我不會原諒你。」

「好，我怎麼可能說出去呢？我會保守祕密。」

雖然藍音答應亞由美不說出去，但到了放學時，她真的好想把這件事告訴別人。

「啊，我好想說，好想說！我想告訴別人，亞由美喜歡裕真！但是我已經和亞由美約定好要保守祕密了。如果我說出去，亞由美知道後一定會和我大吵一架。」藍音心想。

但是，她幾乎快忍不住了。怎麼辦？回家後告訴媽媽？不行不行，媽媽比她更大嘴巴，媽媽會告訴家長會的其他媽媽，最後全班都會知道這件事，到時候亞由美絕對不會原諒藍音。

藍音直到現在才發現，原來自己這麼守不住祕密，內心不由得

大受打擊。

「啊啊！真希望可以用鎖把嘴巴鎖住！或是用黏膠、拉鍊？反正我想成為能夠守住祕密的人。」她發自內心這麼想。

就在這時，藍音聽到一個甜美的聲音在叫她。

「哈嘍，小妹妹。」

轉頭一看，一位看起來很奇特的阿姨，正站在一小片空地上。她一頭雪白的頭髮上插了很多漂亮的玻璃珠髮簪，身上穿了一件古錢幣圖案的紫紅色和服。這個阿姨很高大，比藍音的爸爸更高，而且也很胖。

阿姨的手上拿著一罐咖啡，旁邊放了一個很大的舊皮箱，皮箱旁有一隻黑貓，正在喝小碗裡的牛奶。

阿姨向藍音招手，似乎在叫她過去。如果是平時，藍音一定不會答理陌生人，因為老師和爸媽經常叮嚀她，如果有陌生人和她說話，就要趕快逃走。

但是不知道為什麼，藍音完全沒辦法逃走，反而像是被阿姨的笑容吸引，情不自禁走了過去。

當她回過神來，才發現自己已經站在阿姨面前。近距離看這位阿姨，感覺她的身形更是高得驚人。阿姨微微彎下高大的身體，看

著藍音的臉，小聲說出奇怪的話。

「我正打算和墨丸在這裡歇歇腳，沒想到竟然發現了客人，這真是太幸運了。」

「請、請問……」

「啊，我真是太失禮了。我是說，你看起來好像有什麼煩惱，我想也許可以幫上你的忙，所以才叫住了你。小妹妹，你是不是有什麼心願？」

阿姨的聲音聽起來很沉穩，深深滲入了藍音的內心，讓她不由得恍惚起來。等她回過神時，已經開口回答：

「我希望……自己可以保守祕密。」

「這樣啊，」阿姨高興的瞇起了眼睛，「很好很好，一旦有了祕密，要保守祕密就不是一件簡單的事。沒問題，我剛好有完全符合你需求的商品，我來拿給你。」

阿姨說完，「啪答」一聲打開了放在旁邊的皮箱。藍音看向皮箱內部，忍不住倒吸了一口氣。

太驚人了！皮箱裡塞滿各種她從來沒有見過的零食和玩具。像是「旋律糖」、「巫女罐」、「晴天檸檬糖」、「報應籤」、「貘貘最中餅」、「火焰貼紙」、「好朋友甜甜圈」、「萬人迷麻糬」、「貴族棉花糖」。

每一件商品都很迷人，光是看到這些商品，藍音就忍不住興奮起來。

阿姨從許許多多的商品中，拿出一個小小的白色塑膠盒。塑膠盒差不多像手掌一樣大，高度大約一公分左右，蓋子上畫了鑰匙和鎖頭的圖案，還有紫紅色的字寫著「祕密錠」。

藍音忍不住輕輕叫了一聲。她一看到那個塑膠盒，就知道那是為自己量身打造的東西，無論如何她都要把那個商品買下來。

阿姨對雙眼發亮的藍音小聲說：

「想要保守祕密時，『祕密錠』可以大顯身手。商品價格是一百元，你想買嗎？」

藍音的回答當然只有一個。

「我要買！」

說完，她急急忙忙的把手伸進書包。她平時都會放一百元在書包裡，以備不時之需。

藍音遞出一百元硬幣時，阿姨露出微笑說：

「很好、很好，這是今天的幸運寶物，平成十年的一百元硬幣，這盒『祕密錠』是你的了。」

「謝謝！哇，太棒了！」

「只要吃下一顆『祕密錠』，就能守住一個祕密，這樣一來，你就會漸漸養成保守祕密的習慣。不過話說回來，並不是所有的祕密都需要保密。」

阿姨說完這句有點令人費解的話，便轉頭對黑貓說：

「墨丸，你吃完了嗎？」

「喵嗚。」

「那我就把碗收起來了。」

阿姨擦了擦貓咪的空碗，然後把它收進皮箱，再把黑貓抱到肩

上，對藍音說了聲：「我先告辭了。」就轉身離開。

但是藍音根本沒空回應那個阿姨，她緊盯著手上的「祕密錠」。「太棒了，這果然是只屬於我的東西，我來吃看看。」雖然不認為自己吃了之後就能守住祕密，但是不管怎麼樣，她都想試試看。

藍音打開「祕密錠」的蓋子，裡面有很多紫紅色的圓錠狀糖果，大小差不多像櫻桃核一樣。仔細一看，糖果表面刻了字母「S」，「S」上面還畫了一個「X」。

酸酸甜甜的糖果味飄進鼻子，藍音的口水都快流出來了，她立刻拿起一顆放進嘴裡。

「哇，太好吃了！」

「祕密錠」是她最愛的酸梅味，酸中帶甜，又有一點鹹味，她太愛這種糖果了。

她忍不住又吃了一顆，而且吃完還想再吃。正當她準備伸手再拿一顆時，突然聽到了一個聲音。

「藍音？你在這裡做什麼？」

藍音大吃一驚，回頭一看，原來是同班同學靜香，她正一臉狐疑的看著自己。

藍音急忙把「祕密錠」藏進口袋，笑了笑說：

「沒做什麼啊，只是……我剛才看到一隻很大的蜥蜴跑進這片空地，所以就追了過來。」

「蜥蜴？好噁心！你不要亂跑，我們一起回家吧？」

「嗯。」

就這樣，藍音和靜香一起走向回家的路。

這時，靜香滿臉好奇的小聲問她：

「對了，我今天看到你和亞由美在說悄悄話，你們聊了什麼？」

慘了。藍音著急的想，既然靜香已經開口問了這件事，那自己絕對無法再保守祕密。因為即使沒有人問，藍音也巴不得趕快告訴別人。

怎麼辦？藍音急得像隻熱鍋上的螞蟻，但是她突然發現了一件事。咦？自己並沒有想要說出祕密。剛才背負祕密的沉重壓力，讓她覺得痛苦不堪，但是現在卻完全消失了。

這該不會是「祕密錠」發揮了作用吧？難道它真的有效嗎？

藍音絞盡腦汁思考的時候，靜香說：

「喂，你怎麼了？為什麼不說話？」

「啊，對不起，我在想事情。你是問亞由美的事嗎？我們沒聊什麼，只是因為營養午餐有我討厭的菜，所以我們說要交換。」

藍音不假思索的說了謊，所以亞由美的戀愛祕密，仍然藏在她的心裡。

藍音對這件事感動不已。靜香一邊說著：「原來是這樣啊。」，相信了她的謊言。

藍音在家門口向靜香道別後，拿出「祕密錠」仔細打量。

她把塑膠盒翻過來，發現盒底寫了以下的內容：

「祕密錠」是祕密的守護天使！只要吃一顆，天大的祕密都可以守住。切記！一個祕密吃一顆，不能因為太好吃就一顆接著一顆吃不停。

因為吃下多少顆祕密錠，就得守住多少個祕密。

剛才能守住祕密，果然是「祕密錠」的功勞。但是藍音在看到注意事項的同時，也感到有點緊張。

「我、我吃了兩顆……那個阿姨明明叮嚀過我，一個祕密只能吃一顆。算了，反正只要我再守住下一個祕密就行了！那根本是小事一樁。」

總之，這樣就能遵守和亞由美之間的約定。想要說出祕密的渴望消失了，這真是太棒了。

藍音喜孜孜的走進家中。

隔天，藍音心情愉快的去上學，她還偷偷把「祕密錠」藏在口袋裡。

「搞不好又會有人要我不能把某件事說出去，到時候沒有『祕密錠』就慘了。」

藍音走進教室，忍不住大吃一驚。

因為藍音的個性很急，平時總是第一個到學校，但是今天竟然被人搶先了一步。亞由美已經在教室內，但她鬼鬼祟祟的不知道在做什麼事。因為她不是坐在自己的課桌前，而是探頭看向別人的課桌，還把手伸進了抽屜。

「亞由美，你在幹麼？」

「啊！」

亞由美一聽到聲音就跳了起來。她轉頭看到是藍音，才放心的吐了一口氣。

「原來是藍音啊，你不要嚇我好嗎？」

「是你自己嚇自己……那不是裕真的桌子嗎？你在幹什麼？」

「沒、沒幹什麼……」

亞由美顯得很緊張，然後把雙手藏在身後。藍音見狀，立刻猜到發生了什麼事。

「你拿了裕真的東西，對不對？」

「不是，我才不會做這種事。」

「你騙人，那你給我看你手上拿的是什麼？」

「……」

亞由美無言以對，只好把手伸了出來。她的手上拿著一把小型武士刀，雖然只是二十公分左右的迷你版，但是裝在刀鞘中的武士刀和真的一模一樣。

藍音以前也看過這把武士刀，那是裕真心愛的拆信刀。

「亞由美！」

「我、我也沒辦法啊！我想試試看戀愛的咒語，所以需要裕真的東西。」

「就算是這樣……」

「用完之後我一定會還給他，藍音，拜託你！不要說出去，這件事千萬不可以告訴任何人。你要向我保證絕對不說出去，我們不是朋友嗎？」

亞由美瞪著藍音，她只能無可奈何的做出「我不會告訴任何人」

的約定。

之後，班上同學陸續走進教室，藍音和亞由美也向其他同學道早安，假裝什麼事都沒發生。

不一會兒，老師走進教室，然後像平時一樣開始上課。

但是，藍音感到坐立難安，因為她一直在想亞由美做的事。即使喜歡對方，也不能不說一聲就隨便拿走別人的東西。裕真還沒有發現自己的折信刀不見了。啊啊，真希望亞由美趕快完成戀愛的咒語，把折信刀還給裕真。

藍音滿腦子都想著這件事，根本無法專心上課。

這一次，藍音完全不想把祕密說出去。這可能是因為她昨天多吃了一顆「祕密錠」。

「祕密錠」的威力實在太強大了。藍音心想。

但是……午休的時候終於出事了，裕真發現他的拆信刀不見了。

教室內頓時陷入一片混亂，很快就有一個同學被認為是小偷，那個同學就是陽翔。

全班都知道陽翔很想要裕真的那把拆信刀，因為他之前一直糾纏裕真，希望可以用自己蒐集的卡片和裕真交換。

「是不是你拿的？」

裕真氣得滿臉通紅，咄咄逼人的質問陽翔。

「才不是呢！我沒拿！」

「你少騙人了！趕快還給我，小偷！」

「不是我！你、你相信我！」

陽翔快哭出來了，卻沒有人相信他。

藍音忍不住看向亞由美，但是亞由美露出事不關己的表情。她似乎打算裝傻，並嫁禍給陽翔。

藍音瞪著亞由美。亞由美似乎也察覺到了她的視線，看著藍音對她嘿嘿笑。

「雖然有點對不起陽翔，但這也沒辦法。」

藍音似乎可以聽到亞由美這麼說，這件事讓她感到怒不可遏。不行，雖然亞由美是自己的朋友，但是自己不能成為她的幫凶。

藍音打算告訴班上的同學：「拆信刀不是陽翔偷的。」沒想到，她竟無法把話說出口，舌頭好像麻痺般動不了。

她試了好幾次，卻什麼話都說不出口。老師走進教室後，把裕真和陽翔帶去了辦公室。

怎麼會這樣？藍音咬著嘴唇。難道這也是「祕密錠」的效果嗎？「祕密錠」除了可以讓人打消想要說出祕密的念頭以外，似乎還會讓人說不出祕密。

但如果不說出這個祕密，陽翔就會被當成是小偷。絕對不能讓事情變成這樣，難道沒有解決的方法嗎？

藍音衝去女廁，從口袋裡拿出「祕密錠」，心想盒子的某個地方，也許會寫著消除這種神奇效果的方法。她抱著一線希望，看遍了盒子的每一個角落，但是完全沒有找到任何她想知道的答案。

藍音失望的打開塑膠盒，裡面還有很多糖果，但她現在覺得這些糖果很可恨。

「早知道會變成這樣……唉，我為什麼要吃兩顆呢？」

她心浮氣躁的用指尖戳著糖果，結果不小心把糖果撥開，看到了下方的紙，而且紙上還寫了字。

藍音急忙把那張紙拿出來，薄薄的和紙上寫了這樣的內容：

> 想要消除「祕密錠」的效果，只要把祕密寫在紙上給別人看，這麼一來效果就消除了。只不過不建議使用這種方法，因為一旦這麼做，自己的一個祕密就會曝光……

看到這裡，藍音不禁臉色發白。

藍音當然也有祕密。比方說，她曾經在小學三年級時不小心尿床，而且很喜歡挖鼻孔。

她絕對不想被任何人知道這些祕密，難道為了陽翔的清白，必須犧牲其中一個祕密嗎？開什麼玩笑，絕對不行。雖然陽翔很可憐，但他並沒有偷東西，大家很快就會知道真相了。

藍音這麼想著，回到了教室。同學們興奮的在教室內議論紛紛。

「我就知道是陽翔。」

「除了他還會有誰？之前他就很想要那把拆信刀了。」

「但是他的書包和抽屜裡都沒有找到拆信刀啊。」

「喂！你怎麼可以隨便翻陽翔的東西？」

「他是小偷啊，有什麼關係？」

「對啊，我們必須找到那把刀，不然裕真未免太可憐了。」

聽到同學熱烈討論的內容，藍音感到不寒而慄，因為大家已經認定陽翔就是小偷。

她看向亞由美，發現她和其他女生圍在一起，一臉得意的說：

「我就知道是陽翔，竟然偷別人的東西，真是太惡劣了。」

藍音聽到亞由美說這句話，理智線立刻斷了。

「她在說什麼鬼話！拆信刀明明是她偷的。算了，我再也不想和亞由美當朋友了，我才不想和這麼自私的人當朋友！」藍音下定了決心。

她走回自己的座位，翻開筆記本開始寫字。

靜香發現藍音沒有加入大家的討論，於是走了過來。

「藍音，你在幹麼？」

靜香探頭看著她寫的字，然後大吃一驚。

「不會吧……藍音，這、這是真的嗎？」

其他同學聽到靜香大聲嚷嚷，也紛紛走了過來。

「怎麼了？」

「發生了什麼事？」

「你、你們看，這是藍音寫的。」

大家都伸長脖子看向藍音的筆記本。

「呃……亞由美才是小偷？」

「不會吧？真的假的？」

「是亞由美偷的？」

所有人的視線都集中在亞由美身上，亞由美臉色發白，但還是拚命辯解：

「不是我！你們在胡說什麼？我怎麼可能會做這種事？我根本不想要什麼拆信刀！」

這時，一個男生立刻跑去看亞由美的抽屜。

「找到了！真的找到了！」

那個男生從亞由美的抽屜裡，拿出了那把成為證據的折信刀。

亞由美的臉醜陋得皺成一團，惡狠狠的瞪著藍音說：

「我們不是說好了嗎？我們明明說好了！」

藍音靜靜的看著亞由美說：

「我們的確說好了，但是你怎麼可以嫁禍給陽翔，讓他變成小偷呢？我才沒有做錯。」

亞由美頓時放聲大哭。

但是藍音根本不理會亞由美，她做了該做的事，全身都放鬆了下來。

亞由美再也不會和自己當朋友了，但是沒關係，現在藍音只擔心會遭到「祕密錠」的懲罰。這件事不知道什麼時候會發生，也不知道自己的祕密什麼時候會被人發現。

藍音一想到自己祕密曝光的畫面，便嚇得渾身發抖。

但是，藍音的祕密最後並沒有被任何人發現。因為「祕密錠」盒子裡的紙上，還寫了以下的內容，只是藍音沒有注意到。

但是，這個世界上還是有必須公諸於世的祕密，如果是這種祕密，就不列入計算。即使因此而消除了「祕密錠」的效果，你的祕密也不會曝光。

魚津藍音，十一歲的女孩。平成十年的一百元硬幣。

2 長髮公主蝴蝶捲餅

「我討厭這個髮型！」

目前就讀高中一年級的光莉，在離開髮廊回家的路上，心情差到了極點。她剛才去髮廊剪頭髮，美髮師為她剪了一個很醜的髮型。

那間店是同學向光莉推薦的，說那家髮廊剪得很好，所以她才去試試看。但是店裡的美髮師技術太差，態度也很輕浮，就連頭也洗不好，還說什麼「你絕對更適合這個髮型」，結果把她的頭髮剪得很短。

所以她現在的頭髮超級短，簡直就像是男生。如果造型好看也就罷了，偏偏一眼就可以看出來是不小心剪太短。

「難道明天要這樣去上學嗎？啊，討厭討厭討厭！為什麼會這樣！」正當她氣得快哭出來的時候，一個陌生的阿姨叫住了她。

那個阿姨很奇怪，她穿著一身紫紅色和服，明明外表看起來很年輕，頭髮卻染成白色，就連說話時的用字遣詞也和別人不一樣，腔調也有點奇怪。

光莉覺得那個阿姨很可疑，於是有點緊張的問：「請問你叫我有什麼事嗎？」

那個阿姨直截了當的說：

「請恕我直言，你是不是覺得自己的頭髮剪壞了？你現在是不是很後悔，覺得這個髮型根本不適合自己？」

光莉大吃一驚，忍不住伸手想遮住自己的頭髮。

「好討厭。難道這個髮型真的醜到連落伍的阿姨，也忍不住要告訴我這件事嗎？」這麼一想，光莉覺得太丟臉了，很想轉身逃跑。

沒想到阿姨接著說：

「嗯，我就知道你不喜歡這個髮型，如果你想恢復原狀，讓頭髮趕快長出來，我可以介紹一樣好東西給你，你想要嗎？」

阿姨說完，開始翻找起手上的大行李袋。光莉以為她會拿出一頂假髮，沒想到阿姨拿出了一包零食。

「這是本店很出色的商品，名叫『長髮公主蝴蝶捲餅』。」

「商品？」

「對，本店是一間名叫『錢天堂』的柑仔店，店裡賣的都是市面上找不到、可以發揮各種功效的商品。」

「……」

這個人感覺很有問題。光莉不由得害怕起來，擔心對方想推銷

長髮公主～
蝴蝶捲餅～
天堂

危險商品給她，但她還是忍不住問：

「所以，這包『長髮公主蝴蝶捲餅』也可以發揮什麼功效嗎？」

「當然啊，只要吃下這包『長髮公主蝴蝶捲餅』，就可以讓頭髮快速變長，而且效果超強。像你這頭短髮，只要兩個小時，就可以變長三十公分。」

「不可能。」

「我沒騙你，而且保證有效。既然你不相信，那我就不跟你收錢了，但是如果你使用後感到滿意，就請你幫忙向親友宣傳本店，說『錢天堂』的零食很出色。」

阿姨說完，就把那包零食塞進光莉手中，然後快步離開了。

光莉獨自留在原地，忍不住陷入了煩惱。

怎麼辦？陌生人送食物給自己，這樣不是很可怕嗎？是不是該丟掉呢？

想是這麼想，但她仍然情不自禁的看著袋子。黃色袋子的背面寫了以下文字：

如果你希望頭髮馬上變長，向你推薦這款「長髮公主蝴蝶捲餅」。使用方法很簡單，只要吃下餅乾就行了。只要吃下這款零食，就可以心想事成。

光莉不屑的哼了一聲。

「哼，真無聊，只有小孩子會相信這種話。但是……如果真的可以讓頭髮變長呢？雖、雖然我知道不可能會有這種事，但是如果那個阿姨給我的是什麼藥或營養補充劑，那感覺就會有點可怕，不過這是零食，我試吃一下，應該不至於發生什麼大問題。」

於是，光莉決定試吃一下陌生阿姨送她的那包零食。

打開袋子，裡頭有很多蝴蝶結形狀的咖啡色餅乾。她吃了一個蝴蝶捲餅，味道鹹鹹的並帶有淡淡的香氣，口感既不像餅乾，也不像是油炸零食，咬起來脆脆的。

「沒想到這麼好吃。」

吃完一個之後，她忍不住想吃第二個。

光莉一個接一個的把蝴蝶捲餅放進嘴裡，當她回過神時，發現袋子已經空了。

「希望頭髮真的會變長。」

回家的路上，光莉忍不住用手遮住一頭短髮。

一回到家，光莉就把自己關在房間內，因為她不想讓家人看到自己的頭髮這麼醜。弟弟阿聰目前就讀小學四年級，正是喜歡嘲笑別人的年紀，如果被他看到，一定會放聲大笑，那會讓人很想鑽進地洞裡。

「嗚嗚，這個髮型真的太糟了，只要再長長四公分，不，只要三公分就好……對了，我是不是該買一頂假髮？」

當她在鏡子前嘆氣時，突然覺得很想睡覺。

「慘了，我眼睛都快睜不開了。」光莉感到很奇怪，重重的倒在床上，就這麼睡著了。

然後……

「啊啊啊啊啊啊！」

一陣尖叫聲響起，光莉醒了過來。

睜眼一看，原來是弟弟阿聰在自己的房間內，正看著她大叫。

光莉覺得自己的耳朵好像被什麼東西塞住了，聽不太清楚弟弟的聲音，而且呼吸也很困難，好像被口罩壓住了鼻子。這是怎麼回事？

因為剛睡醒，光莉很生氣的罵他：

「阿聰，你鬼叫什麼？吵死了！我不是說過好幾次，不要隨便跑來我房間嗎？」

「嗚哇哇哇哇哇！哇啊啊啊啊啊！」

「不要鬼叫！吵死了！」

「妖、妖怪！」

「妖怪？你說話要有分寸，懂不懂？」

但是阿聰持續叫個不停，而且臉色鐵青，雙眼露出恐懼的神情。

弟弟是真的感到害怕，但是他到底在怕什麼？光莉感到不安的同時，發現有黑色的東西在眼前晃動。

是頭髮。一縷可以用手指抓住的頭髮，竟然長到了肩膀的長度。

「不會吧！真的變長了！」

光莉既驚訝又興奮，忘了弟弟還在房裡，就直接衝到鏡子前面。

但當她看到鏡中自己的模樣，忍不住身體後仰，發出尖叫。

她的頭髮的確長長了三十公分，但是，變長的不只有頭髮，耳朵和鼻子裡也長出了又黑又硬又濃密的毛，臉上也長出很多汗毛，就連手臂和腿上的毛，也因為太長而鬈了起來。

光莉全身長滿了毛，難以想像自己一覺醒來居然會變成這樣。

她終於知道，阿聰是因為看到自己這副模樣而感到害怕。

光莉驚慌失措，但還是轉頭看著阿聰。因為她想找人幫忙，很希望弟弟對她說：「沒關係，不會有問題。」於是就向弟弟求助。

「阿聰！」

「嗚啊啊啊啊！」

「阿聰！不、不要怕，我是姊姊，我是你的姊姊！」

「嗚哇哇，放開我！趕快放開我！」

阿聰越掙扎，光莉越覺得必須設法解決眼前的問題，於是更用力的抓著弟弟。

她的腦袋一片空白。這時，媽媽走進了房間。

「怎麼回事？你們又在吵架嗎？你們不要再鬧了，這樣會吵到附近的鄰居！」

媽媽一口氣罵完之後，轉頭注視著光莉，臉頰隨即抽搐起來。

「啊、啊！」

「媽、媽媽！」

阿聰掙脫了光莉的手，逃到媽媽身旁說：

「是妖怪！妖、妖怪把姊姊吃掉了！趕快報警！」

「不是、不是！媽、媽媽！是我，我是光莉！」

「光、光莉？」

「對啊！我真的是光莉！啊啊，媽媽，對不起！對不起！」

光莉不知所措，只能哭著向媽媽道歉。

媽媽起初露出害怕的表情看著光莉，然後突然恍然大悟。她靜靜走向光莉，伸手抱住了女兒。

阿聰在媽媽身後放聲尖叫。

「媽媽！你不可以碰妖怪，太危險了！」

「阿聰，你搞錯了，真的是姊姊，這是光莉不是妖怪。光莉，你說對不對？」

「嗯！沒錯！就、就是我，我也不知道為什麼會變成這樣……」

這時，光莉想起了一件事。

「對了，是那包零食！一定是『長髮公主蝴蝶捲餅』害的！」

「『長髮公主蝴蝶捲餅』？那是什麼？」

「是一、一個奇怪阿姨送我的零食。我去髮廊剪頭髮，結果美髮師幫我剪得太短了，我正在為這件事苦惱的時候，那個阿姨就叫住了我……」

光莉把來龍去脈都告訴媽媽。

媽媽露出嚴肅的表情說：

「光莉！你已經是高中生了，竟然還接受陌生人的食物，而且隨便吃下去？」

「因、因為那個阿姨說，這個零食可以讓我的頭髮變長……對不起，我太傻了。我不應該聽那個奇怪阿姨說的話，現在回想起來，她的確很奇怪。」

「怎樣奇怪？」

「嗯……她明明很年輕，卻滿頭白髮，身上穿著和服，說話的腔調也很奇怪。」

「啊？」

媽媽露出緊張的表情。

「那個人該不會說自己有開柑仔店吧？」

「好像有說，呃、呃，她說是錢、錢……」

「錢天堂？」

「對！她說她開了一家名叫『錢天堂』的店，還說如果吃了『長髮公主蝴蝶捲餅』覺得滿意，就請我幫忙宣傳那家店。」

「那個老闆娘，照理來說不會做這種事……」

媽媽小聲嘀咕著，光莉驚訝的問：

「媽媽，你認識那個阿姨嗎？」

「也不能說是認識……只是以前曾經見過。先不說這個了。」

媽媽露出嚴肅的表情，目不轉睛的看著光莉說：

「如果是『錢天堂』的零食造成這樣的結果，問題就很嚴重了。因為那家柑仔店的商品，幾乎都有魔法。」

「媽媽……」

「無論如何，我先幫你剪頭髮，也許剪一剪或剃一剃，就可以解決問題。」

媽媽說完，帶著光莉走去浴室，把肥皂抹在她濃密的手臂汗毛上，再拿剃刀輕輕的為她剃除毛髮。

剃掉濃密的汗毛後，光莉的手臂終於露出了白皙的皮膚。光莉鬆了一口氣，覺得也許可以順利解決問題。

沒想到，媽媽拿起小剪刀要剪光莉耳朵裡的毛時，在一旁看著她們的阿聰倒吸了一口氣。

「媽、媽媽！手臂又開始長毛了！」

原本已經剃乾淨的手臂，竟然又開始慢慢長出毛來。而且轉眼之間，光莉的手臂上就長滿了又黑又硬的汗毛。

「嗚啊啊！」光莉放聲大哭。

不行，即使剪了、剃了，身上的毛又會立刻長回來。怎麼辦？她不想變成長毛人！

媽媽也一臉傷透腦筋的表情，但是她突然雙眼發亮的說：

「我想起來了！光莉，你、你等我一下！」

媽媽急匆匆的跑出浴室。

弟弟阿聰雖然還是一臉害怕的模樣，但他鼓起勇氣問光莉：

「你、你真的是姊姊嗎？」

「對啊……現在的我看起來怎麼樣？」

「就像……黑猩猩妖怪。」

「你太過分了！」

「但是看起來就是這樣啊。你會恢復原來的樣子吧？我可不希望你一直這樣。」

弟弟阿聰用一臉快哭出來的表情小聲說。光莉也快哭出來了，她深刻體會到自己做了蠢事。

只要能夠恢復原狀，即使是一頭短髮，她也不會有任何怨言。

「神啊，拜託了，救救我、救救我、救救我。」

光莉在內心祈禱時，媽媽走回浴室，手上拿著一個冒著熱氣的茶杯。

「你把這個喝下去。」

「這是什麼？」

「先別問這麼多了，這杯茶也許可以發揮效果，但是只能喝三口，不能多喝。」

光莉接過茶杯，忍不住歪著頭納悶。茶杯裡的飲料，雖然有焙茶般的香氣，但也帶有清新的味道。

「這杯茶太香了，感覺很好喝。」

光莉突然很想喝這杯茶。她輕輕把杯子舉到嘴邊，張嘴喝了一口。熱茶的口感很清爽，帶有淡淡的甜味，而且味道很有層次。

「太好喝了。」光莉又喝了兩口。

媽媽見狀立刻搶走她手上的杯子。

「不要再喝了，這樣就足夠了。」

「什麼足夠了？」

光莉還想再喝，她無意識的伸出手，想從媽媽手上把茶杯拿回來。這時，手臂上的毛髮紛紛掉落地面，發出沙沙的聲音。

光莉嚇了一跳，忍不住向後退。

接著她又發現腳上的毛也開始掉落了，耳朵和鼻子裡的毛也紛紛掉到地上。

轉眼之間，光莉恢復成原來的樣子。

「太厲害了！」阿聰興奮的叫了起來，「這是魔法！媽媽，這是魔法，對，對不對？」

「對，差不多吧，太好了，幸好還有效。」

媽媽鬆了一口氣，光莉則目不轉睛的看著媽媽。

這是怎麼回事？不，光莉隱約知道是怎麼回事，應該是媽媽給她喝的茶，讓她變回了原來的模樣。

「媽媽……這杯是什麼茶？」

「這是『光溜溜茶』。以前我在『錢天堂』買了茶葉，最後還剩下一點，我就把它留了下來。之前茶葉一直塞在角落，我差點就要忘記了，剛才突然想起來，幸好能解決問題。」

「媽媽，你也買過『錢天堂』的商品嗎？」

「對啊。」

媽媽有點害羞的點了點頭。

「我那時候的年紀和你現在差不多，因為汗毛很濃密而感到苦惱。和朋友相比，我的手毛和腿毛都很濃，讓我覺得很丟臉。後來偶然走進『錢天堂』，老闆娘向我推薦了『光溜溜茶』。我按照她教導的方式飲用，效果十分驚人。」

「對耶，媽媽的皮膚很光滑，都沒有毛。」

「是啊，因為我喝了『光溜溜茶』。」

「原來媽媽也曾經有過和我一樣的經驗。」光莉暗自想著，心情稍微輕鬆了一些。

媽媽似乎察覺了光莉內心的想法，露出嚴肅的表情說：

「但是媽媽當時很小心，沒有像你那樣，遇到奇怪的事就馬上相信對方。茶也是在仔細看了說明書之後才喝的，和你完全不一樣。」

看到媽媽神氣的樣子，阿聰納悶的問：

「看了說明書再喝茶很了不起嗎？」

「不是了不起，是很重要。因為裝茶葉的小盒子上寫著，『光溜溜茶』只要喝三口就夠了，如果喝太多，會連頭髮也一起掉光，變成大光頭。」

「呃！」

光莉忍不住抱住自己的頭。自己的頭髮還在，而且是長頭髮，幸好「光溜溜茶」並沒有讓她的頭髮掉光。

總之，這次多虧了媽媽才能解決問題。光莉很感謝媽媽，同時她也深刻的自我反省。

以後她絕對不會再吃陌生人送的東西了。對了，也要告訴其他朋友，有一個奇怪的阿姨在附近出沒，要大家小心。

常森光莉，十六歲的女生，接受了「長髮公主蝴蝶捲餅」。

3 簽名幣

東西被偷讓人超生氣，如果是重要的東西，那就會更生氣了。

阿哲今年十歲，他的滑板被人偷走了。那塊藍色的滑板上畫了一匹帥氣的狼，是住在美國的舅舅，特地從美國寄給他的生日禮物。舅舅在信中告訴他，日本買不到這款滑板，所以他更加高興不已。自己擁有全日本獨一無二的滑板，簡直太帥了。

阿哲立刻帶上滑板，準備去公園玩，沒想到一到公園，肚子突

然痛了起來。

阿哲急忙把滑板放在附近的樹下，接著衝進廁所，因為他不希望滑板不小心掉進馬桶。

上完廁所，肚子終於不痛了。他鬆了一口氣，但是當他走出廁所時，心愛的滑板竟然不見了。

「不會吧……」阿哲嚇得臉色發白。

他在公園內跑來跑去，找遍各個角落都不見滑板的蹤影。「一定是被人偷走了。」阿哲發自內心痛恨那個小偷。

難以相信竟然有人會隨便拿走別人的東西，他絕對不原諒這種人。如果找到那個小偷，一定要好好教訓對方！

同時，阿哲也感到很沮喪，早知道會被偷走，他就把滑板帶去廁所了。阿哲為這件事後悔不已。

沒想到幾天後的放學時間，他看到了令人難以置信的畫面。同班同學淳輔在馬路中央玩滑板，他腳下踩著的東西絕對就是阿哲遺失的那塊滑板。

阿哲怒不可遏，不顧一切的跑向淳輔。

「這個！這塊滑板……」

阿哲又氣又急，一時說不出話來。淳輔見狀有點驚訝，但他立刻得意的向阿哲炫耀。

「喔，你是說這個嗎？這是我爺爺送我的，是不是超帥？」

聽到淳輔竟然睜眼說瞎話，阿哲忍不住氣得大罵：

「怎麼可能！你爺爺住在美國嗎？那、那是我的滑板！是我舅舅從美國寄給我的！這是你前幾天在公園裡偷的吧？」

淳輔愣了一下，露出尷尬的表情，而且很快就漲紅了臉，大聲對阿哲咆哮：

「你有證據嗎？難道滑板上寫了你的名字嗎？」

「這……」

「你看啊，上面根本沒有寫你的名字，開什麼玩笑！不要看到別人的東西就想占為己有。你下次再亂說，小心我揍你！你才是小偷！小偷！」

阿哲聽到淳輔大聲咆哮，突然覺得很丟臉，不假思索就逃離了現場，不過事後他覺得很不甘心。

自己為什麼要逃走？這樣簡直就像是在說自己做錯了。

「明明是淳輔做錯事。沒錯，那塊滑板絕對是我的，是他偷走了我的東西，我不能原諒他，一定要把滑板拿回來。問題是滑板上沒有寫自己的名字。唉，怎樣才能證明那是我的東西呢？」

他很不甘心，又很想把滑板拿回來，內心急得像熱鍋上的螞蟻。

「弟弟，你過來一下。」

就在這時，阿哲聽到一個溫柔的呼喚聲，於是猛然抬起頭來。

有個阿姨在前方的樹下。她坐在一張小折疊椅上，旁邊放了一個皮箱，有一隻很大的黑貓坐在她的腿上。她們看起來很放鬆，好像正坐在那裡休息。

阿哲目不轉睛的注視著那個阿姨。

那個阿姨身材高大，而且滿頭白髮，臉卻看起來很年輕。她的頭髮上插了很多髮簪，身上穿著一件紫紅色和服，整個人散發出強烈的氣場，一看就知道不是普通人，渾身充滿了不可思議的感覺，簡直就像是從故事中走出來的角色。

阿哲情不自禁的走向那個阿姨。

阿姨對他笑了笑說：

「你好，我看你好像遇到了什麼不開心的事。如果你願意，要不要說給我聽？也許我可以幫上你的忙。」

聽到阿姨甜美的聲音，阿哲便一股腦的說出了自己的煩惱。

「那絕對是我的滑板！淳輔說是他爺爺送的，絕對是在說謊！只不過我沒有證據……」

「原來是這樣，那真的很痛苦，又很不甘心。你是不是想拿回你的滑板？」

「當、當然啊！」

「既然這樣，有一款零食很適合你，只要吃下去，你一定可以如願以償。」

「吃零食？」

「對，我叫紅子，是『錢天堂』柑仔店的老闆娘。」

阿哲一聽到「錢天堂」這三個字，身體不由得抖了一下。

他想起最近大家都在討論的事。聽說隔壁鎮上有一名高中生姐姐，就是因為吃了「錢天堂」柑仔店的零食，結果全身突然長出很多毛。校長也在朝會時說過這件事，說什麼最近有「錢天堂」柑仔店的人，專門向小孩子兜售一些奇怪的商品，千萬不能買那家柑仔店的零食或玩具。

「沒想到我會遇到這家奇怪的柑仔店，我要馬上逃走，逃離之後還要把這件事告訴大人。」阿哲心想。

但是阿哲還來不及轉身逃走，老闆娘就打開了放在旁邊的皮箱。

「啪答」一聲，皮箱就像藏寶箱一樣打開，裡面有許多閃閃發亮的零食，讓人看得眼花撩亂。阿哲的眼睛和內心都被這些零食迷住了，站在原地動彈不得。

太驚人了，每一款零食看起來都很特別！

老闆娘從皮箱裡拿出一樣東西，遞給屏住呼吸的阿哲。

「這款『簽名幣』，你覺得怎麼樣？」

那是一個比五百元硬幣大兩圈的銀色硬幣，上面畫了兩隻手，其中一隻手拿著巨大的寶石，另一隻手則握著羽毛筆在寶石上寫字。

「裡面是巧克力，只要吃了『簽名幣』，就可以讓屬於你的東西浮現你的名字，但是你要記住一件事，只有真正屬於你的東西才會浮現名字，如果是別人的東西，就完全沒有效果。」

駱駝輕鬆符
SIGN·COIN
天錢堂

「所以……」

「沒錯。如果那塊滑板真的是你的，一定可以憑藉『簽名幣』的力量把滑板拿回來。」

老闆娘自信滿滿的點了點頭。阿哲太想要這款「簽名幣」，完全忘記了校長叮嚀他們，不可以買「錢天堂」柑仔店商品的事情。

「這個『簽名幣』是我的！」

阿哲忍不住伸出了手，老闆娘立刻把「簽名幣」拿得遠遠的。

「哎呀，你要先付錢才行。你要給我五十元，但是必須用平成十一年的五十元硬幣支付。」

阿哲急忙忙拿出錢包，在裡頭翻找有沒有五十元。他順利找到了一枚硬幣，而且剛好就是平成十一年的五十元。

阿哲有一種命中注定的感覺，他把五十元硬幣遞給老闆娘。老闆娘接過硬幣後，露出開心的笑容說：

「很好很好，這就是今天的寶物，平成十一年的五十元硬幣，這是你的『簽名幣』了。」

阿哲用顫抖的手接過「簽名幣」。「簽名幣」很重，難以想像是用巧克力做的，簡直就像是真的硬幣。

他把「簽名幣」翻過來，發現背面貼了一張圓形的白色貼紙，貼紙上用小字寫了以下的內容：

「簽名幣」是一款可以證明東西是自己的所有物的零食。只要運用念力，就可以使物品浮現自己的名字，但是效果僅限於自己的物品，不能證明其他人的東西是你的，所以不要打別人東西的主意。

「說明書上的內容和老闆娘剛才說的一樣，我得到了一種很厲害的零食！」

就在阿哲為這件事感動不已的期間，那個神奇的老闆娘、黑貓和老闆娘的皮箱，也不知不覺消失了，但是這些事一點也不重要，阿哲只想馬上吃下「簽名幣」。

他撕開包著「簽名幣」的銀紙，把裡面的巧克力拿出來，一口氣塞進嘴裡。

「好甜！」

巧克力甜得令人陶醉，而且入口即化。阿哲吞下去之後，像是喝了一杯可可亞的滿足感逐漸傳遍全身。

阿哲情不自禁吐了一口氣。

不知道為什麼，他頓時感到心情很平靜，覺得自己現在能夠坦然面對任何狀況。

「好，我要回去找淳輔，然後把滑板要回來。」

阿哲沿著原路大步走回去。

淳輔還在那裡，但他並不是只有自己一個人，他的身邊圍繞著幾個同學，不知道在聊什麼，似乎又在炫耀那塊滑板了。

淳輔發現阿哲走向自己，彷彿是擔心滑板會被搶走，立刻抱起滑板，然後露出凶惡的眼神大聲說：

「幹麼！這塊滑板是我的！我告訴你們，這傢伙很過分，竟然聲稱我的滑板是他的！這明明是我爺爺送我的。」

「騙人，淳輔絕對在說謊。」阿哲心想。

他目不轉睛的看著滑板，用念力在內心祈願：「『簽名幣』，請證明那是我的滑板。」

其他人為難的看了看阿哲，又看向淳輔。這時，其中一個人小聲說：

「喂，淳輔，這……真的是阿哲的滑板吧？」

「啊？你在說什麼鬼話？這怎麼可能？」

「但是你看，上面有名字……」那個人指著滑板說。

淳輔急忙低頭看向滑板。阿哲也看到了，滑板背面清楚的浮現了三個銀色的字——大平哲。

阿哲大吃一驚，但淳輔更加驚訝。他臉色發白的說：

「怎、怎麼會……我撿到的時候根本沒有看到名字。啊！」

淳輔急忙摀住自己的嘴，但是已經來不及了。

阿哲覺得機不可失，大聲對他說：

「滑板果然是你拿走的！明明是你偷的，竟然還敢說謊指稱我是小偷，難道你不覺得丟臉嗎？」

「……」

「趕快把滑板還給我，你這個小偷！」

淳輔懊惱的低下頭，其他人也紛紛說：

「喂，淳輔，你趕快還給阿哲啊。」

「對啊，怎麼可以隨便拿別人的東西！」

「你真的太無恥了。」

淳輔發現沒有人站在他那一邊，突然就把滑板丟在地上，惡狠狠的瞪著阿哲說：

「我要聲明，我並沒有偷滑板，這是我在公園撿到的，現在還給你，這樣就扯平了。」

淳輔說完，便氣鼓鼓的離開了。

阿哲撿起滑板，心愛的滑板終於回到了自己手上，這都是多虧了「簽名幣」，啊，真是太好了！

阿哲在感受這份喜悅的同時，再度對淳輔感到生氣。淳輔直到最後，都沒有承認自己偷了滑板，也沒有說「對不起」。可惡，真想好好教訓他！

但是，根本不需要阿哲採取任何行動，當時在場的其他同學，都對淳輔的行為忿忿不平。

隔天，班上所有同學都知道淳輔偷東西的事，大家都討厭淳輔，而且不想理他。

淳輔可能是因為這件事懷恨在心，經常有事沒事就找阿哲的麻煩。有時候會用身體撞他，有時候又二話不說就踹他的腿。

而且從那時候開始，阿哲常常遺失很多東西。

橡皮擦、筆記本、鞋子……每次他發現東西不見，最後都會在花圃或是垃圾桶裡找到。

阿哲認為這絕對是淳輔的惡作劇，所以並沒有慌張，而是不動聲色的等待機會。因為他有「簽名幣」相助。

有一天，阿哲終於採取了行動。他故意拿出錢包，大聲對同學說：「今天我帶了零用錢，放學後要去書店。」他在說話時瞥了淳輔一眼，發現淳輔一直看著他的錢包。

阿哲心想太好了，然後把錢包放進書包裡。

午休結束後，阿哲從操場回到教室，打開書包一看，錢包裡果然少了一千元。

阿哲大聲告訴老師：「我的錢被人偷了！」

班上有人偷錢，老師當然得採取行動。老師要求檢查所有人的書包和抽屜。

「阿哲剛才告訴老師，那張一千元是他第一次拿到的零用錢，他之前一直收藏著作為紀念，還用銀色的筆寫上了自己的名字，只要一看就知道，所以請各位同學把東西都拿出來檢查一下。」

阿哲看到淳輔臉色發白，忍不住在心裡偷笑。

錢和橡皮擦、筆記本不一樣，偷走的人不可能丟掉，一定會把它占為己有。淳輔偷了錢，一定會把一千元藏在某個地方。阿哲發現淳輔中計了，忍不住笑了起來。

然後，他用念力努力的想：

「希望那張一千元上浮現我的名字！」

最後，真的在淳輔的書包裡找到了一千元，銀色的「大平哲」三個字，在那張一千元紙鈔上閃閃發亮。

「淳輔！」老師大聲喝斥，淳輔立刻放聲大哭。

接著，老師把淳輔帶去了辦公室。

那天之後，淳輔再也沒有走進教室。他似乎是沒臉再來學校上課，因為現在大家都知道他是小偷，班上的同學也說他最近應該會轉學。

終於趕走了討厭鬼，阿哲太開心了。淳輔離開之後，再也不會有人來找他麻煩，能找回正常的學校生活，讓阿哲鬆了一口氣。

不過，有一天，同學雪也帶了一塊如玻璃般透明的礦石來學校。那塊礦石差不多跟拳頭一樣大，上面有好幾塊透明的結晶聚在一起，簡直就像是菊花。雪也說這塊礦石，是他週末和家人一起去爬山的時候發現的。

「這絕對是水晶礦石，我打算等一下拿給很懂礦石的石田老師看，請他幫忙鑑定。」雪也興奮的說。

阿哲目不轉睛的注視著礦石。他一看到那塊礦石，就立刻被迷住了。

「好漂亮，我還想仔細看清楚。」他無法克制這種心情，所以在午休時間，阿哲趁著沒有人在教室，從雪也的置物櫃中拿出了礦石。

他越看越覺得礦石太美了，上頭聚集了很多閃閃發亮的光芒，摸起來涼涼的，握在手上的感覺更是讓他愛不釋手。

雪也的運氣太好了，竟然可以找到這麼出色的東西。阿哲羨慕不已，準備把礦石放回置物櫃。

但是，他突然想到一件事。目前教室裡沒有其他人，根本沒人看到他拿了礦石。這麼一想，阿哲變得很想把礦石占為己有。

只能說是鬼迷心竅。他很清楚自己心愛的東西被偷走是怎樣的心情，而且雪也又是他的朋友，但他還是沒有把礦石放回去。

為了不讓別人發現自己偷東西，阿哲把礦石拿去圖書室，站上椅子把礦石藏在書架最上方的書本後面。放在這裡，就不會被人發現了，只要等放學後再來拿就好。

這時，午休結束的鈴聲響起，阿哲若無其事的回到了教室。但是，上課時他仍然緊張得心跳加速。

他知道自己做了壞事，知道自己偷了東西，但這也是無可奈何的事。這都要怪雪也不好，他不該把這麼出色的礦石帶來學校，任何人看了都會想要。

「我沒有錯，不是我的錯。」阿哲這麼告訴自己。

「小偷。」

聽到老師的叫聲，阿哲驚訝的抬起頭，卻發現老師直視著自己。

「小偷。」

老師看著他的臉，又叫了一次。

阿哲臉色發白，心想：

「為什麼會被人發現？老師是怎麼知道的？」

恐懼和焦急讓他快昏過去了。阿哲渾身發抖，老師看著他，納悶的歪著頭問：

「喂喂喂，你身體不舒服嗎？我只是叫你回答問題，你怎麼露出這種表情？」

「呃、啊……」

「沒關係，小偷，你回答一下第九題的答案。」

老師又叫了一次，老師又叫他「小偷」了。

阿哲對老師叫他的方式心驚膽戰，他忍著顫抖問：

「為、為什麼叫我小、小偷？」

「啊？」老師瞪大了眼睛。

「你問我為什麼……你的名字不是就叫做小偷嗎？」

老師的回答太出人意表了，阿哲不由得大吃一驚。

「怎麼可能會有這種事？我的名字才不叫小偷！」

這時，他發現了一件事，自己所有的東西上頭，都浮現了銀色的字。鉛筆盒、鉛筆、筆記本和書包，全都浮現了閃閃發亮的「小偷」兩個字。

「怎、怎麼可能會有這種事？不是！我不是小偷！我、我的名字叫大、大、大……」

他竟然無法說出「大平哲」這個名字。

這個狀況一定是「簽名幣」造成的，這是唯一的可能，但是為什麼會這樣呢？

這時，阿哲驚覺一件事。

「該不會是因為我偷了東西，所以我的名字才變成了小偷？」

阿哲臉色慘白，老師則擔心的看著他問：

小俞
橡皮擦
小俞
小俞
小俞
No
NORi
name 小俞
name 小俞
〇年〇組
姓名：小俞
小俞
〇年〇組
小俞
〇年〇組
小俞
小俞

「喂，你真的沒問題嗎？小偷，要不要先回家休息？」

「不、不是。」

阿哲忍不住大叫出聲。

「不是、不是！我不是小偷！我的名字不叫小偷！嗚啊啊！」

阿哲放聲大哭，所有人都驚訝的看著他。

那天，大家一直叫阿哲「小偷」，在他把礦石還給雪也，並為自己偷了雪也的東西道歉之前，都無法恢復「大平哲」這個名字。

大平哲，十歲的男生。平成十一年的五十元硬幣。

4 豪華版肌肉男歐蕾

「嗚呃，慘了，我的肚子太大了。」

這天早上，大學生昌男在鏡子前發出慘叫聲。他的肚子向前突出，簡直就像是孕婦。

以前的他根本不是這種爛身材，昌男嘆著氣回想。他在高中時參加了劍道社，當時刻苦鍛鍊，身材也很緊實，整個人都英姿煥發。

但是上大學之後，一個人在外面租房子住，整天忙著課業，不知不覺身材就走樣了。

「慘了，這真的太慘了……」

今年暑假，昌男和大學同學說好要一起去海邊，到時候當然要穿泳褲戲水游泳。難道要讓大家看到自己這身肥肉嗎？尤其是讓女生看到，這樣真的好嗎？

當然不行。他很想藉由這次機會交到女朋友，要是女生看到自己這麼糟糕的身材，一定會嘲笑自己是「肥宅」。

得趕快做運動了，要在短時間內減肥瘦身。要不要去健身房做重訓？不不不，他才沒這種閒功夫。因為放暑假前，很多科目都要

考試，如果不能順利通過這些考試，甚至有可能會留級。

絕對不能留級，不然就太對不起為自己付學費的父母了，只不過他也不想帶著這身肥肉去海邊。怎麼辦？還是取消暑假去海邊的行程？啊啊，但是他好想和大家一起在海邊烤肉。

怎麼辦？怎麼辦？雖然昌男很煩惱，但他還是決定先出門上課。

昌男原本決定今天要去車站前的漢堡店吃早餐，但是漢堡的熱量太高，要不要改吃其他的呢？話說回來，現在在意這種事似乎也無濟於事。俗話說：「人是鐵，飯是鋼，餓著肚子打不了仗。」如果不填飽肚子，根本撐不到中午。

昌男被漢堡的香氣吸引，搖搖晃晃的走進漢堡店，然後點了有滿滿肉和起司的豪華漢堡及大包薯條，外加十塊炸雞塊的套餐。

他坐在露天的座位上狼吞虎嚥，吃完之後，突然後悔起來。剛才吃東西的時候還有滿滿的幸福感，如今卻感到很沮喪。

唉，剛才的套餐一定又會讓自己變胖。太可惡了！真希望這個世界上有讓人一口氣瘦下來……不，是可以一下子變成肌肉男的藥。

他胡思亂想著，傷心的看著自己肥胖的肚子。

「你該不會是想要瘦身吧？」

隔壁桌不知道什麼時候坐了一個女人。那個女人頂著滿頭白髮，身穿一件紫紅色和服，面帶微笑的看著昌男。

昌男頓時羞紅了臉，但好脾氣的他苦笑著回答：

「是啊……看得出來嗎？」

「對啊，你吃完早餐，就一臉失望的看著自己的肚子，很容易就猜到了。如果你不嫌棄，我可以幫忙。」

女人從大行李袋中拿出一個小寶特瓶，小寶特瓶內裝著看起來像是咖啡牛奶的飲料，標籤上用金色和黑色的字寫著「豪華版肌肉男歐蕾」。

「這是什麼？」

「這是本店很有自信的商品。不瞞你說，我是一間柑仔店的老闆娘，只不過我經營的不是普通柑仔店，而是專賣對身體健康有幫助的商品。」

「是喔，柑仔店賣健康食品，真是難得一見啊。」

「呵呵呵，嗯，是啊，這是有助於燃燒脂肪、增加肌肉的咖啡歐蕾。你只要喝下它，然後走路去買東西或是上學，就可以燃燒掉相當於平時三倍的熱量。」

「這是真的嗎？」

「對，這是很出色的商品，目前正在申請專利。」

女人說見面就是一種緣分，她沒有向昌男收錢，便把「豪華版肌肉男歐蕾」送給他了。

昌男覺得事有蹊蹺。

健康食品？如果有這麼出色的效果，是不是也會有奇怪的副作用？雖然剛才的女人說要免費把商品送給自己，但她該不會事後又要向自己索取一大筆錢？

雖然昌男抱有很多疑慮，但他最後還是收下了「豪華版肌肉男歐蕾」。

昌男抱持著孤注一擲的心情，因為他知道靠自己的力量，絕對

Burger

無法改變身材。如果喝一瓶飲料就可以稍微改善，他願意冒險嘗試一下。

「謝謝你，我晚一點再喝看看。」

「好，你試喝看看。」

女人嫣然一笑，從座位上站了起來。

「如果獲得了理想的效果，請你務必為本店宣傳一下。小店名叫『錢天堂』，寶特瓶上印了小店的官網網址，歡迎你留言分享對商品的感想。」

這個用詞遣字很奇特的女人說完之後，就轉身離開了。

昌男也站了起來，準備去學校上課，但他滿腦子都在想著「豪華版肌肉男歐蕾」的事。

「啊啊，一直在想這件事。好，乾脆現在就喝。如果這瓶飲料有問題，喝了之後拉肚子，我就認了。」

昌男決定來試一下。他打開「豪華版肌肉男歐蕾」的蓋子，在走路的時候一口氣把飲料喝光，味道還算不錯，濃醇的牛奶中帶著咖啡的香氣。雖然味道很甜，口感卻很清爽。

也許就是這個原因，昌男在已經吃飽的狀態下，還是一轉眼就把整瓶飲料喝完了。

接下來會有什麼變化呢？他帶著既興奮又緊張的心情走進了學校。就這樣過了半天的時間，他的身上並沒有發生什麼特別明顯的變化。

「她在唬弄我嗎？」

仔細思考之後，就知道這個世界上，根本不可能會有那個女人說的那種飲料。

「反正我也沒有損失，而且又免費拿到一罐飲料，就不必計較那麼多了。」

昌男把特地留下來的「豪華版肌肉男歐蕾」空瓶丟進垃圾桶，

決定忘記這件事。

沒想到，幾天之後他在教室遇到晉太郎，晉太郎問他：

「昌男，你是不是瘦了？」

「啊？」

「你身材是不是變緊實了？怎麼回事？你去健身房健身了嗎？」

「沒有啊，我根本沒這種時間……我瘦了嗎？」

「對啊，你看你肚子都變小了。」

昌男急忙低頭看向自己的肚子，幾天之前還圓滾滾的肚子真的變小了。怎麼會這樣？昌男很納悶，然後想起了那瓶「豪華版肌肉男歐蕾」。

「難、難道……那個飲料真的有效嗎？不，怎麼可能呢？怎麼可能會有這種事？」

昌男這麼告訴自己，決定繼續觀察。

又過了一個星期，變化更加明顯了。

首先，他整個人瘦了一圈，然後肌肉慢慢變得發達。

昌男每天回到公寓，就脫得只剩下一條內褲站在鏡子前。他發現自己漸漸有了腹肌，胸肌也越來越厚，肩膀和手臂也都變壯了，小腿更是變得很結實。

「太、太帥了！」就連昌男也被自己的身材迷住了。

他的身體簡直就像運動選手。他完全沒有運動，也沒有減肥，竟然可以得到這麼大的效果，簡直太讚了！

「如果有這樣的身材，即使只穿一條三角泳褲去海邊，也完全不會丟臉！」

他成功瘦下來後，可以更專心讀書為考試做準備，暑假去海邊的行程當然也安排得妥妥當當。

昌男在用功讀書時，忍不住嘴角上揚。

好不容易所有科目都考完了，迎來了期盼已久的暑假，昌男立刻和同學一起去海邊玩。

燦爛的豔陽照耀著一片蔚藍的大海，海灘上擠滿了人，也有很多可愛的女生。

「喔！」昌男和其他男生大叫起來。

「今年一定要交到女朋友！」

「加油！等一下去搭訕可愛的女生！」

「好，加油！」

他們相互加油打氣，換上了泳褲。

昌男也換了泳褲，其他男生看到他的身材，忍不住驚訝不已。

「昌、昌男……你是怎麼回事？」

「嘿嘿，我為了今天，稍微練了一下。」

「你竟然一個人偷跑！太奸詐了！」

「你把身材練得這麼猛，是想要獨占所有的女生嗎？」

「嘿嘿嘿！」

昌男笑著，衝到沙灘上。

周圍頓時響起一陣驚叫。這也很正常，因為昌男目前看起來就是一個勤於健身的肌肉男。他渾身上下完全沒有贅肉，優美的肌肉線條簡直可以媲美希臘雕像。除了女生以外，男生也都露出驚訝的眼神看著他。

「哇，那個人會不會太猛了？」

「肌肉好結實，太帥了吧！」

「他是不是格鬥運動員？」

「應該是吧……不知道他有沒有女朋友，如果他沒有女朋友，要不要主動向他打招呼？」

昌男聽到這些感嘆，忍不住滿面春風，心情好到了極點。他很慶幸之前喝了「豪華版肌肉男歐蕾」。

這時，一群美女來問昌男：「你一個人嗎？要不要和我們一起游泳？」

以前從來沒有這麼漂亮的女生主動向他打招呼，昌男忍不住眉開眼笑的問：「我是和朋友一起來的，他們也可以加入嗎？」

於是，昌男與其他男生決定和這群女生一起玩。

昌男尤其中意一個名叫理美的女生。她的笑容很可愛，和她聊天也很愉快，但是當昌男邀請她一起去游泳時，理美卻露出膽怯的表情說：

「我不太會游泳，感覺會溺水。」

「別擔心，萬一發生狀況我會救你，我很會游泳。」

昌男充滿自信的說，理美終於放心了。

「那就交給你了，我溺水的時候，你真的要來救我喔。」

「當然啊，那我先下海，去稍微前面一點的地方等你，你等一下再游到我所在的位置。」

「嗯。」

這種時候，當然要帥氣的表演一下。

昌男摩拳擦掌，一口氣跳進海裡。被陽光烤熱的皮膚碰到涼涼的海水太舒服了，海水簡直就像滲進了全身。

「這是個大好機會，等一下理美游過來的時候，要讓她覺得我超厲害！」昌男決定要表演一下潛水，於是潛入了海底。這時，他看到海底有一個很大的貝殼。他想去撿那個貝殼，把它當成禮物送給理美。

昌男像海豚般扭動身體，想要游到貝殼那裡。

但是沒想到，不知道為什麼，他的身體竟然無法潛入水中。無論他手腳再怎麼擺動，也無法潛入深處，簡直就像是身上套了一個游泳圈。

這到底是怎麼回事？昌男焦急得浮出水面，準備換氣。

「啊啊啊啊！」

一陣尖叫聲傳來，回頭一看，他發現理美正在岸邊，滿臉驚慌的指著自己。

「理美，你怎麼了？」

昌男急忙想要游回去，但是理美轉身拔腿就跑。昌男感到莫名其妙，於是繼續游向岸邊，想要去追理美，但是他一走出水面，便感覺到身體變得格外沉重。

「怎、怎麼回事？」

昌男低頭看著自己的身體，不禁倒吸了一口氣。原本緊實的腹肌，現在竟然像一顆鼓起的水球，兩條腿上的肌肉也不見了，小腿和大腿都是鬆垮垮的肥肉。接著他看向自己的手臂，發現兩條手臂好像變成了火腿。

「不、不會吧？」

昌男無法相信發生在自己身上的事，準備走去更衣室。更衣室旁的淋浴間有鏡子，必須去確認看看到底發生了什麼狀況。但是他的身體太過沉重，腳步打結後重重的摔倒在地上，頭撞到了旁邊的海灘椅，立刻昏了過去。

當他再次醒來，發現自己躺在醫院的病床上，幾個同學圍繞在

病床旁看著他。

「昌男！」

「阿昌，你醒了嗎？」

昌男看著叫他名字的同學，感覺頭痛欲裂，完全搞不清楚發生了什麼事。過了一會兒，他才終於能開口。

「我怎麼了？」

「你的頭撞到了。」

「而且全身突然腫了起來。」

「我跟你說，你現在全身都還是腫的。」

聽到同學這麼說，昌男終於想起來了。沒錯，剛才他在海裡游泳，身體就突然膨脹起來……

他急忙看向自己的手臂，手臂上的贅肉都垂了下來，完全沒有肌肉。即使躺在病床上，肚子也像小山丘般鼓了起來。

「我的身體真的變成這樣了嗎？」昌男臉色發白的想。這簡直就是一場惡夢，在跳進海裡游泳前，自己明明還是帥氣的肌肉男。

太丟臉了！真希望地上有個洞可以讓他鑽進去！

這時，昌男想起了理美。不知道理美怎麼樣了？

他戰戰兢兢的問：

「我問你們，理美呢？」

「她逃走了……帶著滿臉害怕的表情。這也不能怪她，畢竟我們也嚇壞了。」

「對啊，我還以為你變身了。這是怎麼回事？你對海水過敏嗎？所以才會全身腫起來嗎？」

「不，我沒有對海水過敏，以前也在海裡游泳過很多次。」

說到這裡，昌男猛然想起了一件事。這該不會就是所謂的副作用吧？沒錯，這就是「豪華版肌肉男歐蕾」的副作用。一定是出於某種原因，導致飲料的效果消失，脂肪突然增加了。

昌男這才後悔自己喝了「豪華版肌肉男歐蕾」，然後突然感到怒氣沖天。

「搞什麼！竟然讓我喝這麼爛的東西，簡直無法原諒。要我為那間柑仔店宣傳？好啊，那我就來好好宣傳一下。呃，那家柑仔店叫什麼名字？我想起來了，沒錯，就是『錢天堂』。」昌男心想。

他看著同學的臉，緩緩開口說：

「我有一件事要告訴你們，如果有一個自稱是『錢天堂』柑仔店的老闆娘向你們推銷商品，你們絕對不能吃，吃了就慘了。」

「錢天堂？」

「柑仔店？」

「對，我會變成這樣，就是喝了老闆娘給我的飲料。」

昌男向同學說明當時發生的一切。

上戶昌男，二十歲的男人，接受了「豪華版肌肉男歐蕾」。

5會議室內的報告

半夜時分，很多人聚集在某個大會議室內。其中有一半的人穿著白袍，剩下另一半的人全都穿著紫紅色和服。

穿和服的都是女人，她們年紀各不相同，但是所有人都把頭髮染成白色，然後盤了起來。

一名有點年紀的男人坐在上座，雖然他外表看起來像是溫和的紳士，眼神卻很銳利。

他站了起來，對聚集在會議室內的人說：

「各位，接下來請報告目前的情況。首先由執行部開始報告。」

「是。」身穿和服的女人站了起來。

「我先報告結果。到今天為止，執行部送出了四十三件商品，教授開發的六種商品中，『豪華版肌肉男歐蕾』送出去的數量最多，贈送的對象都是上健身房和瑜伽教室的人，還有肥宅大學生，所以今後我們也會鎖定這些對象。」

「很好。」

有點年紀的男人滿意的點了點頭。

「好的開始是成功的一半，你們都很努力。我知道你們穿和服很不習慣，還要在街上走動，一定很辛苦。」

執行部的女人聽到這番慰勞的話，個個都喜上眉梢。其中一個人回答：

「謝謝教授，比起穿和服，要學那種獨特的腔調說話更難，我到現在還沒有完全學會。」

「沒關係，沒有完全學會也沒問題，只要讓人對白頭髮、穿紫紅色和服的女人留下深刻印象就好。既然已經送出四十三件商品，就代表至少有四十三個人，以為我們開發的商品是出自『錢天堂』，並且實際使用了。我想結果差不多也快出來了……輿論的反應如何？有沒有什麼動向？」

一名身穿白袍的年輕男子，聽到教授問這個問題，急忙站起來回答：

「是，教授說得沒錯，官網上已經開始有人留言使用心得，但十之八九都是批評和抱怨，網路上也有很多對『錢天堂』的負面評價。對了對了，之前有人針對『豪華版肌肉男歐蕾』留言，說喝了之後出現嚴重的副作用。」

「嚴重的副作用嗎？」教授發出冷笑。

「我能想像發生了什麼事。八成是那個人去了海邊或游泳池，然後身體突然膨脹。」

「膨脹？」

「對，因為身體膨脹，那個人才能撿回一命，如果他繼續在水裡游泳就會溺水。那瓶飲料原本的功效，就是會讓細胞異常活化，然後增加肌肉，就像是把氣球變成了大石頭。人類的身體非常了解這件事，所以會為了保護性命而迅速減少肌肉，同時增加脂肪細胞，避免那個人溺水。這也算是一種身體的自我防衛機制，但當事人只會覺得是副作用。」

「教授，關於這件事，是否能夠針對這種飲料進行改良，然後商品化呢？只要向瘦身業界推銷，一定可以獲得驚人的利潤。」

「不行，目前產品還很不穩定，效果也只能維持兩個月左右，說白了，就是瑕疵品。除了用來充當『錢天堂』的劣質商品以外，沒有任何利用價值。『長髮公主蝴蝶捲餅』也一樣，除了對頭髮有效，還會促進全身的毛髮生長，根本不適合作為真正的商品販售，更何況你們應該知道，我們的目的並不是為了讓這些東西成為商品。」

教授目光炯炯的看向自己的下屬。

「各位，我對你們的工作表現很滿意，你們做得很出色，但是這樣還不夠，必須讓『錢天堂』的負面評價滿天飛。如果有人不想加入這個企畫，可以像關瀨一樣選擇離開，我的團隊不需要只顧眼前利益的人。怎麼樣？你們想清楚了嗎？」

沒有人開口回答。

教授看著臉色發白、屏住呼吸的下屬笑了笑說：

「看來你們已經充分了解我的想法，那就繼續拜託各位了。」

教授說完這句話，宣布會議結束。

6 青春洋溢桃

「媽媽，這是誰啊？」

鈴子看著女兒優月拿過來的照片，情不自禁的嘴角上揚。

「哎喲，真懷念啊，這是我啊。」

「不會吧？真的假的？」

「當然是真的。那是我十七歲時的照片，是不是很漂亮？」

照片中的鈴子的確很漂亮，完全不輸給偶像明星。一頭長髮富

有光澤，臉上的笑容很燦爛。那時候她參加了體操社，身材也無可挑剔。

年輕時的外表和現在簡直判若兩人，鈴子忍不住露出苦笑。

優月似乎難以置信，她看了看鈴子，又看了看照片說：

「的確很漂亮……但是媽媽為什麼會變成現在這樣？」

「因為我生了你啊。為母則強，當了媽媽就要一肩扛起很多壓力，身材當然會發福，媽媽以前可是磯止高中的女神呢。」

「哇，以前是女神，現在變成了胖大嬸嗎？歲月果然是一把殺豬刀。」

優月可能只是在開玩笑，但是鈴子聽了這句話，感到很受傷。

那天晚上，鈴子站在鏡子前面，仔細打量著鏡子中的自己。她渾身上下都是鬆垮垮的贅肉，頭髮凌亂乾澀，臉上還有很多雀斑和黑斑。

平時她並不在意這些事，但今天卻覺得這些缺點特別礙眼。

想當年自己被大家稱為女神，沒想到一眨眼就過了三十年。畢竟上了年紀，身材走樣也是理所當然的事。

但是，她越是這麼說服自己，就越感到悲哀。

「當年的女神……去了哪裡？」

鈴子重重的嘆了一口氣。

不過，之後又發生了一件讓她更沮喪的事。幾天之後，她收到了高中同學要舉辦同學會的通知。

怎麼辦？鈴子臉色發白。她很想和多年沒見的老同學聚一聚，但又不想讓老同學看到自己走樣的身材。

還有另一件事讓她擔心不已，那就是鈴子有一個競爭對手。

鈴子是冷酷的冰山美人，但她的競爭對手千田里佳子和她屬於完全不同的類型。里佳子有一雙會說話的大眼睛，渾身散發出輕柔可愛的感覺，男生都很喜歡她。

經過三十年，不知道里佳子變成了什麼樣的大人。她會不會和自己一樣，整個人完全走樣？還是仍然像以前一樣可愛？

鈴子回想起高中時代，回想起不想輸給里佳子的那種感覺。

鈴子看著鏡子，自己其實沒有變醜，雖然身材有點發福，但只要化妝，看起來仍然很有女人味。要不要從現在開始減肥？但是，即使成功瘦下來，也找不回當年的年輕貌美了。唉唉，真希望可以找回三十年前洋溢的青春和美貌，這樣就可以變回當年的女神了。

鈴子為逝去的青春深受打擊。

又過了幾天，鈴子出門去買晚餐的食材，即使走在路上，她也滿腦子都在想同學會的事。

「還是不去參加好了，我不想讓老同學看到自己變成胖大嬸的樣子，最重要的是，我害怕見到里佳子。唉唉，但是我又很想和大家敘舊。」

她悶悶不樂的想著這些事……

「喵嗚。」

突然聽到可愛的貓叫聲，鈴子大吃一驚。

低頭一看，眼前出現一隻很大的黑貓。黑貓有一身富有光澤的毛皮，那雙聰明的藍眼睛還目不轉睛的注視著鈴子。牠的脖子上繫著鈴鐺，應該是有主人的家貓。

「哎喲，你真漂亮啊。貓咪，你是誰家的孩子？」

鈴子向來很喜歡貓，她忍不住蹲了下來，伸手想要撫摸牠。就在這時，鈴子聽到了叫聲。

「墨丸！」一個女人迎面跑了過來。

鈴子忍不住瞪大眼睛，因為那個女人簡直就像相撲選手一樣高大，手上還拿了一個大皮箱。她穿著和服，但是動作卻輕盈得令人不敢相信。

女人一轉眼就跑到鈴子的面前，開口數落黑貓：

「真受不了你！怎麼突然就跑走了？嚇了我一大跳。以後不可以這樣，萬一被汽車或是腳踏車撞到，不是很危險嗎？」

女人說話的腔調有點奇怪，黑貓一看到她，就跳到她肩上，然後看著鈴子的方向叫了一聲：「喵嗚。」

「喔喔！」女人發出驚呼，抬眼看著鈴子。

鈴子大吃一驚。這個女人的頭髮像雪一樣白，臉蛋卻很年輕。她不只是看起來年輕，而是有一種吸引人的魅力。

鈴子忍不住感到嫉妒。如果自己有她一半的氣勢，就會毫不猶豫的去參加同學會。

這時，女人開了口：

「你好，我家墨丸似乎擋了你的路，真是對不起。」

「不不不，沒這回事。這孩子叫墨丸嗎？帶這麼可愛的貓咪出來散步，真是太棒了。」

女人聽到鈴子稱讚她的貓，露出滿面笑容。

「對，這是我引以為傲的店貓，牠真的很機靈。有時候還會像今天這樣，主動幫我找到客人。」

女人說完，露出深邃的眼神看著鈴子說：

「你是今天的幸運客人，請問你有什麼心願嗎？不管是什麼心

願，都請你儘管說出來。」

女人甜美的聲音裡，有一種令人難以抗拒的力量。

鈴子感到昏昏沉沉的，當她回過神時，已經說出了內心的想法。

「我想找回年輕時的活力，我並不是想要變年輕，只是覺得如果可以擁有像當年一樣迷人的魅力，不知道有多好。」

鈴子說完，立刻漲紅了臉。

對方聽到自己說這種話，會不會覺得自己很膚淺？

沒想到女人並沒有嘲笑她，也沒有露出受不了的表情，而是用力點了點頭說：

「原來是這樣。魅力和年紀、外表無關，而是從內心散發出來的，所以無論活到幾歲，都可以讓自己散發魅力。沒問題，那我就介紹一款最適合你的零食。」

女人說完，「啪答」一聲打開了手上的皮箱。

皮箱內裝滿了許許多多的零食和玩具。有「雜糧甘食」、「護身貓」、「爛醉溜溜球」、「萬人迷麻糬」、「好朋友米香酥」、「探戈丸子」、「答錄機蝸牛貼紙」、「機械果」。

鈴子一看到這些零食，便忍不住興奮起來。

「哎喲喲，我又不是小孩子，竟然會這麼興奮。但是，我知道一件事，在一般的店裡絕對買不到這些零食。」鈴子心想。

這時，女人從皮箱內拿出一個小罐頭。

「這款『青春洋溢桃』非常適合你。」

女人把罐頭遞過來的時候，鈴子的心臟用力跳了一下。

那個小罐頭看起來就是個很普通的水果罐頭，上面畫了令人垂涎三尺的桃子圖案，用桃紅色的字寫著大大的「青春洋溢桃」。

「這麼普通的罐頭，為什麼這麼吸引人？我無論如何都想要，不，我絕對要得到這個罐頭。」鈴子在內心吶喊。

鈴子目不轉睛的看著罐頭，女人則慢條斯理的對她說：

「這款『青春洋溢桃』裡裝的桃子肉，是採用鮮脆欲滴的『活力桃』加糖水熬煮出來的，吃了之後就可以讓你如願以償。怎麼樣？這個罐頭的價格是五元。」

「好便宜！我要買！」

鈴子急急忙忙拿出皮夾，找出了十元硬幣，但是女人沒有收下她的錢。

「很抱歉，請你用五元硬幣來支付。這款商品只能用平成二十一年的五元硬幣購買。」

「真是與眾不同的要求……」

她擔心如果自己抱怨，對方可能會不願意把「青春洋溢桃」賣給自己。她很怕真的會發生這種事，於是在皮夾內仔細翻找，終於找到了平成二十一年的五元硬幣。

鈴子覺得這簡直就是奇蹟，馬上把五元硬幣遞給對方。

「這個可以嗎？」

「可以、可以，這就是今天的幸運寶物。這是你的『青春洋溢桃』，罐頭上寫了食用方法，請你仔細閱讀。」

鈴子接過罐頭後，發現這個罐頭沉重得像是自己接過了金條。原來這就是所謂的像做夢一樣不真實的感覺。

當她回過神時，才發現那個神奇的女人和黑貓都不見了。

「感覺好像……遇到了魔女。」

總之，鈴子得到了夢寐以求的東西。她完全忘了自己出門是為了買菜，卻小心翼翼的捧著「青春洋溢桃」，急匆匆的回了家。一進家門，她馬上拿出開罐器。

優月看到「青春洋溢桃」一定會想要吃，但是即使是自己的女兒，鈴子也不願意和她分享，就連一口都不行。「青春洋溢桃」只屬於鈴子一個人。

她雙眼發亮，小心翼翼的用開罐器打開了罐頭的蓋子。

罐頭內裝著鮮豔的黃色水果，而且全都切成一口大小，浸泡在濃稠的糖水中，一看就很好吃，而且還帶著濃郁的香氣。甜甜的桃子香味，真是令人陶醉。

鈴子嘴裡的口水都快流下來了。

「不行，如果不馬上吃掉，我會死的。」

鈴子用叉子拿出罐頭內的水果，張大嘴巴咬了一口。

「好甜！」

太甜了，而且濃郁的香氣讓她幾乎要暈眩了。人間美味在嘴裡擴散，然後變成幸福感傳遍她全身。

因為實在太好吃了，鈴子一口接著一口，把罐頭裡的水果全都吃完了，最後連糖水也喝得一滴不剩。

啊，太幸福了！她感受到全身都在歡呼。這是怎麼回事？簡直就像全身的細胞都充滿活力，發出了開朗歡快的笑聲。

雖然半信半疑，但鈴子還是走到鏡子前面確認，並且驚訝得說不出話來。

鏡子中的那個人的確是鈴子。身材豐腴，臉上也有雀斑，和平時的她沒什麼兩樣，但是臉上的表情變得完全不同。疲憊不堪和不耐煩的表情全都消失了，女人的臉上露出自信滿滿的笑容，而且雙眼炯炯有神，全身散發出富有魅力的氣勢，看起來簡直判若兩人。

這些改變讓鈴子看起來很年輕，讓她回想起渾身充滿年輕活力，被眾人稱為女神的過去。

「不會吧！」

鈴子驚訝不已，在鏡子前擺出各種姿勢。她無論做什麼姿勢都架勢十足，而且越看越迷人。

鈴子覺得自己的內心也變年輕了，忍不住呵呵笑了起來。

對了，來試試那件很久沒穿的花裙子。最近都不想穿漂亮衣服，整天只穿一些輕鬆的T恤和牛仔褲，久而久之，就覺得「我這個年紀已經不適合打扮得漂漂亮亮了」。

「我要拋開這種想法，穿自己喜歡的衣服，鼓起勇氣試試看。」

鈴子拿出一直掛在衣櫃裡的漂亮衣服，開始一件又一件的試穿。

「這件穿起來很好看。啊，這件也不錯。啊啊，以前我很喜歡這件洋裝。」

鈴子享受著「一個人的時裝秀」，同時也了解到一件事：只要有自信，只要態度落落大方，無論穿什麼衣服，擺出什麼姿勢，看起來都很漂亮，也很有魅力。

讓她發現這件事的，就是「青春洋溢桃」。

鈴子急忙跑回去看那個空罐頭。她仔細打量後，看到標籤下方寫了以下的文字：

「青春洋溢桃」這款出色的水果罐頭，可以找回你年輕時的自信，吃了之後，就能回到自己人生中最光輝燦爛的時光。冰過之後再吃，效果更加顯著。

「哎喲，太失策了。冰過之後的效果更顯著嗎？可惜我已經吃進肚子裡了。」

鈴子吐了吐舌頭，覺得自己太大意了。

但是，現在有這麼出色的效果，已經很足夠了。好，她要把這個空罐藏起來，以免被優月發現，然後在資源回收的日子悄悄拿去回收。對了對了，還要寫同學會通知的回函，這次她當然要參加。

鈴子興奮的忙碌起來。

一個月後，鈴子意氣風發的去參加同學會。

來到同學會會場的小餐廳，裡頭已經坐滿了老同學。

「好久不見！」

鈴子大聲和大家打招呼。她一走進餐廳，其他同學都驚訝得瞪大了眼睛。

「啊？你是鈴子？」

「你是橫川？」

「哎喲，我結婚之後改姓三津木了。你是相田嗎？你完全沒變，我一眼就認出來了。」

「不……女神，你才是一點都沒變。」

「對啊，哇，我太驚訝了，鈴子，你根本沒變啊。」

「你這件裙子真好看。」

「是嗎？謝謝！」

鈴子被眾人包圍，聽著大家的稱讚，她的心情好極了。

啊啊，沒錯沒錯，就是這種感覺，和高中時完全一樣，好令人懷念，也好開心。

正當她興奮得和大家聊天時，餐廳門口響起了一陣驚呼。

「啊！里妹妹？」

「哇，好久不見了。」

「里妹妹來了！」

鈴子立刻回頭張望。不出所料，她當年的死對頭里佳子正要走進餐廳。

「怎麼可能？」鈴子忍不住在內心大叫。

里佳子仍然像以前一樣可愛。雖然她的身材變圓了，但是完全沒有失去以前的可愛。她露出天真無邪的笑容，穿了一件漂亮的粉紅色洋裝。鈴子看到她，忍不住心生嫉妒。

奇怪的是，這種嫉妒的感覺也讓她很懷念。啊，越來越有回到從前的感覺了。當年的回憶中也有里佳子，而且男生都把里佳子當成公主捧在手心上。

但是，她絕對不能輸給里佳子。鈴子主動走向里佳子，面帶笑容的說：

「里妹妹，好久不見，你知道我是誰嗎？」

里佳子愣了一下，立刻嫣然一笑說：

「我當然知道你是誰啊，小鈴，你完全沒變，我一眼就認出來了。我們有三十年沒見面了。」

「對啊，你還好嗎？結婚了嗎？」

「嗯，我結婚後又離婚了。」

里佳子用帶著鼻音的嬌聲回答，然後瞥了周圍一眼。

「所以我正在找新的男朋友。」

原本在周圍豎起耳朵聽她們說話的男人，聽到里佳子這句話，紛紛露出驚訝的表情。

「里妹妹，你說的是真的嗎？」

「那你覺得我怎麼樣？我還是單身喔。」

「我也是！」

「我也離婚了，要不要找時間約會？」

「哇，大家都這麼捧場，我都不知道該選誰了。」

里佳子興奮得扭著身體。鈴子雖然很不甘心，但里佳子裝可愛的樣子的確很迷人。

里佳子很懂得吸引男人，而且也懂得製造話題，她的確比鈴子棋高一著。鈴子越想越生氣。

「我果然討厭里佳子，她竟然毀了我的美好時光。」鈴子心想。

但是，鈴子努力克制自己。不管怎麼說，今天是難得的同學會，不要理會里佳子就好。

除了里佳子以外，同學會真的很開心。餐點很好吃，酒也很好喝，和老同學聊天更是投機。

快樂的時間總是過得特別快，當鈴子回過神時，同學會已經結束了。

鈴子和其他人約好改天再見面，接著就和大家道別，準備搭車回家了。

沒想到無巧不成書，她竟然在車站前遇到了里佳子，而且里佳子似乎也要和她搭同一班車。

鈴子覺得很尷尬，但又不能假裝沒看到里佳子。她內心期待電車趕快來，並且主動問里佳子：

「你也沒有去續攤嗎？」

「對，因為明天還要上班。」

里佳子用正常的語氣回答。鈴子發現里佳子和以前一樣，周圍沒有男人時，就不會裝可愛。

這時，里佳子露出銳利的眼神瞪著她說：

「小鈴，已經過了這麼多年，我想問你，高二的時候，你是不是把我視為眼中釘？經常和其他女生一起欺負我。」

「我、我可不是故意的……是你自己不好，因為你一直搶其他人的男朋友，別人當然會討厭你。」

「所以，你覺得大家都應該喜歡你嗎？更何況你才是狐狸精，我告訴你，當初是我先喜歡籃球社的後藤學長，你明明知道這件事，竟然還和他在一起！」

「事情已經過了這麼久，還在聊這些陳年往事，你還是和以前一樣小鼻子小眼睛！」

「你哪有資格說我！裝出一臉無辜的表情，心機卻那麼重！今天也一樣！都胖成這樣了，還自以為是女神嗎？真是笑死人了！」

「你自己像顆紅豆大福，還好意思說我！」

鈴子怒火中燒，忍不住罵了回去。

突然間，她覺得體內好像有什麼東西破了，讓她像顆洩了氣的氣球，原本滿滿的幸福感和自信漸漸消失了。

「咦？咦？怎麼會這樣？」

鈴子害怕不已，緊緊的抱著自己的身體，然後發現里佳子也和自己一樣，發出了不知所措的聲音。

「咦？可惡！這是怎麼回事？」

鈴子看向里佳子，頓時說不出話來。站在她身旁的不是剛才那個可愛的女人，而是一個發福的大眼睛大嬸，身上那件粉紅色洋裝完全不適合她，簡直就像狐狸變身成人類，卻變身失敗了。

「啊？里妹妹？」

「你是小鈴？」

聽到里佳子喘著氣發出的疑問，鈴子不禁臉色發白。

不會吧？她急忙衝進車站的廁所，看向鏡子。

「啊！」

她忍不住發出尖叫。她在鏡子中看到一個濃妝豔抹、滿臉疲憊的中年女人——那就是鈴子原來的模樣。

變回原來的樣子了，變回吃下「青春洋溢桃」之前的樣子了。

為什麼？為什麼會發生這種事？

鈴子陷入了混亂。里佳子也跟著衝進廁所，她一看到鏡子，也發出了相同的尖叫聲。

「怎麼會這樣？為什麼？為、為什麼變回原來的樣子了！」

聽到里佳子這麼說，鈴子頓時恍然大悟。

「里妹妹，你該不會……吃了『青春洋溢桃』吧？」

「啊！你怎麼會知……啊！所以，你也吃了？」

兩個人瞪大眼睛互看著彼此。

怎麼會有這種事？原來她們都吃了「青春洋溢桃」，難怪里佳子會那麼可愛，整個人都閃閃發亮。

鈴子戰戰兢兢的問：

「你該不會是向一個白頭髮的女人買的吧？」

「嗯，我跟她說很想去參加同學會，但又不想讓人看到我目前的樣子……你呢？」

「我的理由和你完全一樣，但是為什麼突然失效了？」

鈴子歪著頭感到納悶時，里佳子「啊！」了一聲，摀住了嘴。

「完了……我忘記了。」

「啊？忘記什麼？」

「『青春洋溢桃』的罐頭底部寫了注意事項，小鈴，你沒看嗎？」

「我、我沒有看到。注意事項寫了什麼？」

「呃，上面寫……吃了『青春洋溢桃』之後，不可以說別人的壞話。有魅力的人不會說別人的壞話，一旦開口說別人的壞話，『青春洋溢桃』就會失效，敬請注意。我記得是這樣的內容。」

「怎麼會……」

鈴子一片茫然。好不容易得到了「青春洋溢桃」，竟然會因為和里佳子吵架而失去效果。

「唉，真是虧大了！」鈴子抱著頭說。

里佳子大叫起來：

「虧我還冰過之後再吃！真是的，都怪你，誰叫你還是這麼讓人火大，我才會受不了你！」

「這是我要說的話！更何況是你找我吵架，你明明看了注意事項，還來找我麻煩，真是莫名其妙！」

「我也很無奈啊！」

兩個人氣鼓鼓的大眼瞪小眼。

過了一會兒，兩個人都忍不住噗哧一聲笑了起來。她們都覺得自己的胖大嬸模樣太好笑了。

「唉！我們簡直就像傻瓜！」鈴子說。

里佳子也笑著點頭附和：

「不是像傻瓜，而是如假包換的傻瓜。我好想去大吃一頓，要不要一起去咖啡店吃蛋糕，當作餐後的甜點？」

「好主意。今天晚上就不管什麼熱量了，乾脆來吃聖代。」

「我舉雙手贊成！」

她們兩個笑起來的樣子，就像女高中生般調皮。

三津木鈴子，四十八歲的女人。平成二十一年的五元硬幣。

7 超乾淨綠茶

今年六歲的信太，是一個喜歡昆蟲和巧克力的男生，但是他最討厭看牙醫和打針。

最近還有另一件討厭的事，那就是洗澡。

洗澡和看牙醫、打針不一樣，每天都必須洗一次。先洗頭髮，然後拿肥皂用力洗身體，真的是麻煩到了極點。

「一個月洗一次澡就足夠了。」

這個世界上，難道沒有可以不洗澡的方法嗎？

信太試過很多方法。他對媽媽說：「我自己去洗澡！」然後脫下身上的衣服再換上睡衣，隨後謊稱：「我洗好了。」他也曾經故意把頭髮弄溼，然後說：「我有認真洗。」可惜這些方法都失敗了。無論他用什麼方法，最後都會被媽媽識破。

「你根本沒有好好洗澡，再去洗一次！」

挨了媽媽的罵之後，信太更加討厭洗澡了。

啊，好麻煩，麻煩死了！有沒有辦法能解決洗澡的問題？信太整天都在想這件事。

這一天，信太愁眉苦臉的在住家後方的空地上抓蟲子。這時，有一個不認識的阿姨走進空地。她穿著一件好像葡萄汁顏色的和服，而且滿頭白髮，手上還拎著很大的行李袋。她可能是發現信太一臉不高興的樣子，於是走過來問他：「你還好嗎？是肚子痛嗎？」

信太聳了聳肩說：

「不是，我只是在想，為什麼每天都要洗澡？」

「喔喔，」阿姨點了點頭說：「小孩子都不喜歡洗澡，覺得洗澡太麻煩了，我能夠理解。那要不要阿姨送你一瓶魔法飲料，讓你可以不洗澡？」

「魔法飲料？真的有這種東西嗎？」

信太不太相信，但是阿姨用力點了點頭，從行李袋中拿出一個小寶特瓶，寶特瓶內裝了淡綠色的液體。

「這款綠茶名叫『超乾淨綠茶』，喝了之後即使不洗澡，身上也會散發出香皂的香味，而且身上還會冒出熱氣，簡直就像剛泡完澡一樣。」

「真的嗎？」

「對，沒洗澡的事絕對不會被任何人發現，怎麼樣？這瓶飲料很厲害吧？」

「嗯！」

信太忍不住點頭附和，但隨即又皺起眉頭。

「但是我討厭喝綠茶，味道太苦了。」

「所以你不想要嗎？你寧願每天洗澡？沒關係，反正這也是你的自由。」

阿姨的態度突然變得很冷淡，好像隨時準備轉身離開。

信太急忙叫住她。

「不、不是！我想要，我想要這瓶茶！」

「那就送你了。」

阿姨露出開心的笑容，把「超乾淨綠茶」交給他。信太抖了一下，忽然有一種害怕的感覺，最後只能小聲的說：「謝謝。」

那個阿姨心滿意足的告訴信太，她開了一家名叫「錢天堂」的柑仔店，如果信太喜歡「超乾淨綠茶」，希望他可以帶朋友一起去她店裡。

「那家柑仔店在哪裡？」

「呵呵呵，那是祕密，所以請你找一下，我的店裡還有很多你會喜歡的零食。那就再見了。」

阿姨說完就離開了。

空地上只剩下信太一個人，他注視著手上的寶特瓶。

他想起爸爸和媽媽叮嚀過他，即使收下了陌生人送的零食，也絕對不能吃。如果媽媽知道，自己因為不想洗澡而收下陌生人送的魔法綠茶，她一定會很生氣。

「這又不是零食……應該沒關係。」

信太決定在回家之前把茶喝完，於是他打開寶特瓶喝了一口「超乾淨綠茶」。

「嗚呃！好苦！」

他從來沒有喝過這麼苦的綠茶，吞下茶水之後，苦味仍然會留在舌頭上，而且有一股像是直接吃草一樣的青草味直衝頭頂。信太只喝了一口就不想再喝了。

但是，如果不喝完一整瓶，很可能會沒有效果。「這是藥，不要覺得是飲料，把它當成藥就好。」信太下定決心後，一口氣把寶特瓶裡的綠茶喝完了。

當他全部喝完時，簡直快要斷氣了。就算現在給他吃最討厭的青椒，他可能也會覺得美味可口。唉，信太覺得嘴裡仍然很苦，要

超乾
綠

趕快回家漱漱口。

信太搖搖晃晃的跑回家裡，而且他當然沒有向任何人提起「超乾淨綠茶」的事。

那天晚上，媽媽像往常一樣對信太說：

「信太，差不多該洗澡了。」

「等一下再洗。」

「不行，媽媽和你一起去洗澡，今天要幫你把耳朵後面也好好洗一下。」

「啊！我不要！」

「哪有什麼要不要的？那你自己去洗。」

「麻煩死了。明天、明天我一定好好洗澡。」

「你在說什麼啊！」媽媽怒目相向，「你今天不是也流了很多汗嗎？而且還在外面玩得滿身都是泥巴。廢話少說，趕快去洗澡！否則你就要和我一起洗，在你數到一百之前，都不會讓你走出浴室。」

「好、好啦，我去洗啦。」

信太無可奈何，只好走去浴室。

「哼，那個阿姨騙我。我費了那麼大的勁把『超乾淨綠茶』喝下去，竟然完全沒效。唉，怎麼辦？乾脆隨便沖一下，不知道能不能下次再洗身體和泡澡？」

信太這麼想著，然後開始脫衣服。

當他脫光光了以後，身體突然熱了起來，接著，他渾身都散發出香皂的氣味。

「啊？怎、怎麼回事？」

信太急忙看向旁邊的鏡子。

他在鏡子中看到自己渾身冒著熱氣，臉紅通通的，頭髮也溼了，感覺就像剛泡完澡。他的身上還飄出了香皂的香味。

「太、太讚了，這就是『超乾淨綠茶』的魔法！原來那個阿姨沒有騙我！呀呼！」

信太高興得跳了起來。

「為什麼會突然出現效果？喔喔，我知道了，一定是要脫光衣服才會散發出香皂的味道，感覺好像剛泡完澡。」

太輕鬆了。信太這麼想著，慢慢換上睡衣，接著走回媽媽身旁對她說：「我洗好了。」

「哎喲，你怎麼洗這麼快？但你好像洗得很乾淨。嗯，香噴噴的，很乖、很乖。」

竟然能瞞過媽媽的火眼金睛，「超乾淨綠茶」果然厲害！

信太笑得合不攏嘴，開口問媽媽：

「我可以吃冰淇淋嗎？」

「可以啊。」

信太用這種方式躲過了最討厭的洗澡，而且第二天、第三天也沒有洗澡。

「嘿嘿，這簡直太棒了！」

信太樂不可支，不敢相信自己竟然真的可以整整三個星期都沒有洗澡。

可是有一天，信太突然覺得頭很癢。

一旦覺得癢，就開始這裡也癢那裡也癢，全身都癢死了。即使用手抓，也完全沒辦法止癢，反而會越來越癢，還因為抓太用力，讓信太痛得要命。

最後他實在受不了，哭著對媽媽說：

「媽媽，我的頭很癢也很痛！」

「啊？是不是長了痘子？給媽媽看一下。」

媽媽撥開信太的頭髮一看，立刻發出尖叫聲：「啊啊啊啊！」信太的頭髮裡長滿了頭蝨。許多頭蝨緊緊咬住他的頭皮，在他的皮膚上吸血，難怪他會覺得癢死了。

媽媽立刻帶信太去看醫生。

醫生檢查之後也叫了起來：「太可怕了！不知道是在哪裡感染的，只能用消滅頭蝨的藥粉治療。為了避免有漏網之蝨，最好把頭髮都剃光。請你們回家後馬上開始治療。」

「剃頭髮？我不要，我才不要把頭髮剃光！」

信太嚇得大叫，但是媽媽對醫生點了點頭說：

「好，我會這麼做。」

「對，這樣比較好，而且接下來每天都要幫他好好洗頭。其實只要每天認真洗頭，即使感染了頭蝨，也不會變得這麼嚴重，以後要特別注意。

「但是這孩子每天都有洗澡啊……」

媽媽聽了醫生的話，似乎發現了什麼事。從醫院一回到家，她立刻把信太的衣服脫下來，然後又放聲尖叫。

「哇！太可怕了，你的身體完全變成黑色的了！」

沒錯，信太的脖子和身體全都積滿了汙垢，皮膚變成了黑色。

「超乾淨綠茶」只是用香皂的香味騙人，並不能讓身體變乾淨。

媽媽狠狠瞪著他問：

「信太！這是怎麼回事？」

信太放棄說謊，老老實實的把一個陌生阿姨送他「超乾淨綠茶」的事告訴媽媽。

媽媽聽了之後，生氣的責罵他：

「我說了多少次，不能隨便拿陌生人的東西！如果那瓶茶是毒藥呢？搞不好你現在已經沒命了！你到底有沒有聽進去！」

「對、對不起……」

「而且那個女人也太壞了，竟然把莫名其妙的東西拿給小孩子喝！她是不是騙你說這是什麼魔法飲料？我要把這件事寫在社區的公告欄上，提醒大家注意。她長什麼樣子？她有沒有說什麼？」

「呃……她穿了一件像葡萄汁顏色的和服，頭髮是白色的……啊，她說她開了一家柑仔店，店名叫做『錢天堂』，還要我下次帶朋友一起去。」

「『錢天堂』嗎？好，先不說這件事了，我要用理髮器幫你剃頭髮，等一下馬上去洗澡，今天媽媽幫你洗！」

媽媽把信太的頭髮全都剃光後，把他丟進了浴缸。

信太被剃了光頭之後受到很大的打擊，媽媽用抹了肥皂的毛巾，用力搓洗他的身體。

毛巾越來越黑，媽媽就越洗越生氣。

「真討厭，你太髒了！」

信太也很想大喊：「真討厭！」

唉唉，真是倒霉透了。先是頭癢死了，現在又被理了光頭，而且還被媽媽發現「超乾淨綠茶」的事。等爸爸下班回家，一定又會把他臭罵一頓。

信太發自內心感到後悔，早知道會這麼慘，他就不喝什麼「超乾淨綠茶」了。

但是總算有一件好事。難得洗了澡，信太感覺神清氣爽，終於發覺「其實洗澡也不錯」。

幾天之後，信太和媽媽一起去超市。

信太很想去零食區逛一逛，但是媽媽說不行。這一陣子，媽媽都對信太很嚴格，她還在為「超乾淨綠茶」的事生氣。結果這一天，信太完全沒有在超市買到任何零食。

買完東西後，母子兩人走出超市，信太忍不住輕輕嘆氣。回家後又要用消滅頭蝨的藥粉治療頭皮，而且每天都要把身體洗得很乾淨。向來討厭麻煩事的信太，覺得這樣的生活實在是太痛苦了。

這樣的日子不知道要持續多久，也不知道媽媽的怒氣什麼時候才能平息。

這時，媽媽突然停下了腳步，露出可怕的表情看著前方，信太也順著媽媽的視線看了過去。

有一個阿姨正在馬路對面和一個小女孩說話。那個阿姨有著一頭白髮，身上穿著葡萄汁顏色的和服，肩膀上還有一隻貓。她正從大皮箱裡拿出某個東西交給那個小女孩。

「信太，我們去那裡。」

媽媽拉著信太的手穿越馬路，來到馬路對面。

等信太和媽媽來到馬路對面時，小女孩已經離開了，但是那個阿姨還在原地。

近距離觀察，才發現那個阿姨很高大。她雖然有著一頭白髮，但是臉蛋看起來很年輕，完全沒有皺紋。她擦著漂亮的口紅，態度落落大方。

信太內心有點害怕。但是媽媽完全不怕，她大聲對阿姨說：

「不好意思，打擾一下，你是柑仔店的老闆娘嗎？你的店是不是叫『錢天堂』？」

「對，沒錯，怎麼了嗎？」

「你還問我怎麼了，我兒子被你店裡的商品害慘了！你把莫名其妙的東西拿給小孩子，難道不覺得丟臉嗎？」

媽媽尖聲大叫，那個阿姨卻露出錯愕的表情問：

「你說你兒子買了本店的商品？」

阿姨歪著頭納悶，看著信太說：

「太奇怪了，我記得每一個客人的長相，但我從來沒有看過這個孩子。」

信太抓著媽媽的T恤說：

「不是，不是這個阿姨。」

「啊？」

媽媽羞紅了臉，但仍然氣勢洶洶的說：

「不、不過你是『錢天堂』柑仔店的老闆娘沒錯吧？你不是號稱自己有什麼魔法飲料，把各種莫名其妙的東西送給小孩子嗎？請你不要再做這種事了，雖然不知道你是不是在為自己的店宣傳，但如果我下次再看到你在附近出沒，就會馬上報警。」

那個阿姨聽了，立刻臉色大變，露出可怕的銳利眼神看著信太的媽媽說：

「我想釐清一件事，你的意思是有人在四處發送『錢天堂』的商

品嗎？」

「沒錯，那個人送給我兒子一瓶名叫『超乾淨綠茶』的飲料，結果把他害慘了。」

那個阿姨似乎沒有在聽媽媽說話，她緩緩蹲在信太的面前。她的眼睛深處發出亮光，詢問信太：

「弟弟，請你把拿到『超乾淨綠茶』的情況，從頭到尾告訴我紅子，拜託了。」

信太覺得阿姨的強烈語氣聽起來不像是拜託，反而更像是命令。感覺不能在這個阿姨面前造次，必須乖乖聽她的話。所以，信太把來龍去脈全都告訴了她。

竹塚信太，六歲的男生。拿到了「超乾淨綠茶」。

番外篇　紅子的怒火

「錢天堂」的老闆娘，快步走在沒有人煙的昏暗小路上，她豐腴的臉龐難得露出了憤怒的表情，眼神也很可怕。

坐在她肩上的黑貓墨丸，擔心的叫了一聲：

「喵嗚？」

「對，墨丸，我要先回店裡一趟，但是在開店營業之前，必須先解決一件事。」

「喵喵？」

「對，就是啊，竟然有人假冒『錢天堂』的名義，四處發送一些亂七八糟的商品。關瀨先生說的情況果然是真的。既然這樣，我就不能坐以待斃，也不能再睜一隻眼閉一隻眼了。」

紅子說完，露出可怕的笑容。

「等著瞧吧，我會讓他們澈底付出代價，一旦惹怒了我紅子，一定會讓他們後悔。我要先回店裡借助招財貓的力量。墨丸，接下來這陣子會很忙了。」

紅子帶著笑容，消失在黑暗深處。

金色招財貓

（名字和職務分配）

活力滿滿！！

小珀

負責・糖果

大家都很信任的主管

小金

工房長

調皮的豆豆和膽小的粒粒

豆豆　粒粒

比其他招財貓小一號

有點怕麻煩

小印

負責・仙貝

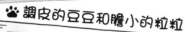

討厭青蛙
音音
美食家
工房長小金的得力助手
白玉
做事很細心
茶茶
負責・茶類
個性很強勢
柿柿
負責・水果
這兩隻是雙胞胎
因為牠們長得一模一樣，有時候會搞錯喵！
黃豆
負責・麻糬
麻呂
負責・巧克力

推薦文

從閱讀中培養生活素養思辨力

◎文／賴玉敏（新北市鶯歌國小教師）

嗨！您好！歡迎再次光臨神奇柑仔店。翻到這一頁的大小朋友們，絕對是「神奇柑仔店」的忠實顧客。

相信你也和我一樣，常常一打開書，就捨不得放下。或許不知不覺中，我們服下了錢天堂的「始終如一愛書糖」，因此對於《神奇柑仔店》有了始終如一的喜歡，無論打開哪一集，都還是保有無比的新奇感。

當然，除了創意與想像力外，《神奇柑仔店》為何會引起廣大的共鳴？是因為作者廣嶋玲子確實掌握了人性。她知道，平凡如你我的性格中，都擁有貪婪、黑暗、無法控制的一面。正如〈祕密錠〉中的藍音，她想透過魔法來控制忍不住想說出祕密的欲望，然而控制了這個欲望真的好嗎？作者透過兩難情境的發生，考驗祕密說與不說的矛盾與掙扎。這種衝突也是我們心中天使與惡魔間的對抗。這種兩難的情境，也使我們在閱讀時，不妨問問自己，你會如何決定？

這一集中，不懷好意的六條教授派出許多假冒的紅子，在街上隨意派發商品，並架設假官網，讓使用者留下破壞錢天堂的惡意留言。看到這裡，是否有似曾相識的感覺？因為現實生活中，也常出現正版和冒牌的商品戰爭，也看到許多關於商品負評或按讚的評論，你有沒有想過，這些評論究竟是真是假？我們該如何判斷呢？這是資訊素養，也是公民素養。在網路世代中，若不是親眼所見，甚至即使是親眼所見，這些評論還是有可能被假造出來。我們該如何判斷呢？你在給商家負評前，有沒有想過這些其中的可能性呢？

當你閱讀《神奇柑仔店》時，是否能將自己的生活經驗與故事相連結？讓自己邊讀邊思考，邊讀邊思辨，讓閱讀力也成為你的思辨力。

紅子老闆娘的正向態度，也是值得我們學習。當網路酸民的各種言論出現時，錢天堂沒有被擊毀，而是用堅強的態度去看待這件事，找出問題的來源，並且找到解決的方法。面對研究所的無情攻擊，如果你是紅子老闆娘，你會想用什麼方法回擊，挽回錢天堂的名譽呢？想知道紅子的解決之道嗎？看完第十五集，就趕快打開第十六集吧！

神奇柑仔店商品鑑定師

◎設計／賴玉敏（新北市鶯歌國小教師）

什麼？神奇柑仔店的商品出現冒牌貨？聰明的商品鑑定師們，應用你所閱讀的訊息，整合比較看看，紅子老闆娘的錢天堂商品和六條研究所的冒牌商品，出現哪些相同和不同的地方呢？

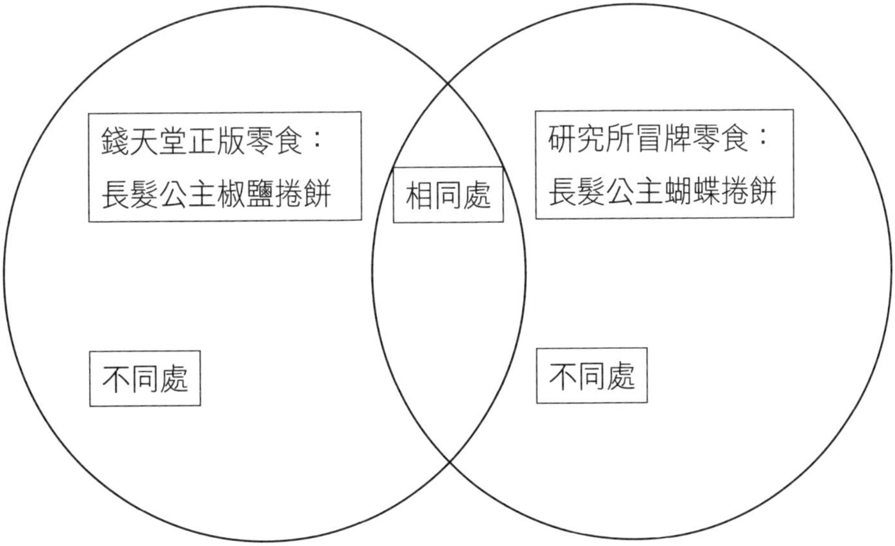

（線索：神奇柑仔店第 6 集 P134 ～ P172）（線索：神奇柑仔店第 15 集 P45 ～ P74）

樂讀456　105

神奇柑仔店15
冒牌的長髮公主餅乾

作　　者｜廣嶋玲子
插　　圖｜jyajya
譯　　者｜王蘊潔

責任編輯｜江乃欣
特約編輯｜葉依慈
封面設計｜蕭雅慧
電腦排版｜中原造像股份有限公司
行銷企劃｜林思妤

天下雜誌創辦人｜殷允芃
董事長兼執行長｜何琦瑜
媒體暨產品事業群
總 經 理｜游玉雪
副總經理｜林彥傑
總 編 輯｜林欣靜
行銷總監｜林育菁
主　　編｜李幼婷
版權主任｜何晨瑋、黃微真

出 版 者｜親子天下股份有限公司
地　　址｜臺北市104建國北路一段96號4樓
電　　話｜（02）2509-2800　傳真｜（02）2509-2462
網　　址｜www.parenting.com.tw
讀者服務專線｜（02）2662-0332　週一～週五：09:00~17:30
讀者服務傳真｜（02）2662-6048
客服信箱｜parenting@cw.com.tw
法律顧問｜臺英國際商務法律事務所・羅明通律師
製版印刷｜中原造像股份有限公司
總 經 銷｜大和圖書有限公司　電話：（02）8990-2588

出版日期｜2023年11月第一版第一次印行
定　　價｜330元
書　　號｜BKKCJ105P
I S B N｜978-626-305-578-0（平裝）

訂購服務
親子天下 Shopping｜shopping.parenting.com.tw
海外・大量訂購｜parenting@cw.com.tw
書香花園｜臺北市建國北路二段6巷11號　電話（02）2506-1635
劃撥帳號｜50331356　親子天下股份有限公司

立即購買 >

有聲故事書

國家圖書館出版品預行編目（CIP）資料

神奇柑仔店15：冒牌的長髮公主餅乾／廣嶋玲子作；jyajya 繪；王蘊潔 譯. -- 第一版. -- 臺北市：親子天下股份有限公司, 2023.11
216面；17X21公分. --（樂讀456系列；105）
注音版
ISBN 978-626-305-578-0（平裝）

861.596　　112013872

Fushigi Dagashiya Zenitendô 15